겨울의 색채

겨울의

색채

서동욱 소설집

차례

당
장
필
요
한

마리는 올해 스물다섯 살로 준보다는 네 살이 많았다. 둘은 만나기 전부터 냉장고 공장에서 일했는데, 그건 한 집에서 살고 있는 지금도 그랬다. 준에게는 두 번째 직장이었다. 첫 직장이었던 단추 염색 공장에서는 매일 지독한 냄새를 맡아야 했기 때문에 그는 지금 하는 일에 만족해했다. 그러나 마리는 아니었다. 그녀는 이전에 다녔던 직장들이 마음에 안 들었던 것과는 상관없이—이번 직장이 여덟 번째, 아니면 아홉 번째쯤 됐는데 일을 시작하고 나서 바로 다음 날부터 안 나간 것들까지 합하면 그보다 더 될 수도 있었다— 언제든 일을 그만둘 생각을 하고 있었다. 하지만 당장 쓸 돈이 없었기 때문에 다른 일을 구하기 전까지는 그만둘 수 없었다. 그들은 모아 둔 돈이 전혀 없었다.

　같이 살게 되면서 그들은 에어컨이 옵션으로 딸린 이천에 오십짜리 투룸을 빌렸다. 관리비와 전기세, 수도세, 가스비, 통신비로 한 달에 삼십 정도가 나갔다. 집을 구할 때 빌린 은행 대출금과 소형 자동차의 할부 대금, 그리고 각자의 술값을 내고 나면 남는 게 없었다. 햇볕이 거의 안 들어오는 집안은 늘 춥게 느껴졌다. 그래서 그들은 밖에서 술을 마시고 늦게 들어와 잠만 자고 나가거나 아니면 아예 안 들어왔다. 그런 경우에는 몇 잔 더 마시고 나서 공장 근처의 찜질방에서 잤다. 찜질방은 집보다 훨씬 포근했다. "나 오늘 자고 가." 누군가 그렇게 말하면 그건 찜질방에서 잔다는 뜻이었다.

　새벽 2시가 넘어서 마리의 아버지가 죽었다는 전화가 걸려 왔다. 밖에서 술을 마시고 막 집으로 돌아온 마리는 열쇠를 찾기 위해 현관문 앞에서 낑낑댈 때부터 울리고 있던 전화기에 대고 소리를 질렀다.

　"뭐야, 누구야? 준? 잠이나 자라고."

　그러나 그건 준이 아니었다. 준은 마리보다 먼저 들어와 자고 있었다. 마리는 열려 있는 방문 사이로 준이 코를 골며 자고 있는 것을 보았다. 마리는 비틀거리는 몸을 벽에 기댄 다음 귀고리를 풀어서 전화기 옆에 올려놨다.

수화기의 목소리는 아버지가 죽었다고 말했다. 둔기로 머리를 수차례 맞고 살해됐다는 것이다. 마리는 지금 시간이 몇 시냐고 물었다. 목소리는 마리 씨가 아니냐고 물었다. 마리는 맞다고 말했다. 잠시간의 정적이 있었다.

"그래서 나보고 뭘 어쩌라고?"

목소리는 뭘 어쩌라는 건 아니었다고 대답했다.

먼 곳에서 부엉이 우는 소리가 들려왔다. 언젠가 마리가 준에게 잡으러 가자고 말한 적이 있는 부엉이였다. 준은 그건 부엉이가 아니라고 말했다. "여긴 도시야." 부엉이는 아마존에나 사는 거라고. 그러나 준도, 마리도 그게 부엉이인지 아닌지 확신하지는 못했다. 하지만 마리가 아는 새 중에 밤에 우는 새는 부엉이밖에 없었다. 그게 뭐였건 간에, 부엉이가 우는 것 같은 소리가 집으로 들려오곤 했다. 그 소리가 지금 들려오고 있었다. 창밖으로 어둠이 깔려 있었다. 마리는 잠시 어둠이 깔린 바깥을 응시하다가 목소리에게 몇 번 더 소리를 지른 다음 수화기를 쾅 하고 내려놨다.

다음 날 아침 마리는 아빠가 죽었다고 준에게 말했다. 준은 이불 속에서 그 얘기를 들었다. 그는 손을 들어 형광등 불빛을 막으면서 말했다.

"아빠가 죽어?"

"응."

"그럼 어떻게 해?"

마리는 방 안에 굴러다니는 양말 한 짝을 찾아 뒤집어 신었다. 나머지 한 짝이 보이질 않았다. 마리가 자기 양말이 어디 있느냐고 물었다. 준은 고개를 저었다. 그는 마리가 양말 한 짝을 찾으려고 서랍장 밑으로 머리를 낮추어 집어넣고, 또 이불을 들추어 보고 하는 것을 물끄러미 지켜보았다. 마리는 경찰이 자기를 불렀다고 말했다.

"그럼 어떻게 해?"

준은 베개를 가슴 위로 올려놓고 같은 말을 되풀이했다. 마리는 고개를 획획 저었다. 헝클어지고 기름이 낀 노란색 머리가 마리의 어깨 위에서 흔들렸다.

"몰라. 경찰이 와 보래."

"응."

준이 대답했다.

형사는 눈에 먼지가 들어간 사람처럼 수시로 안경다리를 들어서 눈을 감았다 폈다 했다. 몇 가지 질문을 받은 후, 마리는 형사로부터 사진 몇 장을 건네받았다. 사진 속에는 한 남자가 쓰러져 있었다. 그 남자는 엎드려 자는 자세로 누워 얼굴을 카메라 쪽으로 돌리고 있었는데, 뒤통수에서부터 타고 내려온 피가 얼굴의 삼 분의 이 정도를 가리고 있어서 어떤 표정을 짓고 있는 것인지 알아볼 수가 없었다. 그냥 표정 없는 얼굴 이상으로는 보이지 않았다. 하지만 그게 어느 가정집의 내부이고 또 방 안이라는 건 알 수 있었다. 왜냐하면 그 방은 마리의 방이었기 때문이다.

그건 마리가 어렸을 때 쓰던 방이었다. 마리는 머리 받침이 없는 싱글 사이즈 침대와 그 위로 서로 다른 크기의 사각형이 종잡을 수 없는 규칙으로 그려진 하늘색 이불, 싸구려 꽃무늬 벽지, 원목을 흉내 낸 나뭇결 모양 필름이 마구잡이로 떨어져 너덜거리는 책상을 알아보았다.

"음……"

마리가 입을 다문 채로 소리를 냈다. 마치 그 사진이 많은 것들을 불러오고 있는 것처럼. 그러나 무슨 생각이 들어서 그런 건 아니었다. 마리는 아무 생각도 없었다. 형사는 마리가 뭔가 말을 꺼낼 때까지 기다렸다. 자기는 이런 일을 많이 겪었다는 듯이, 자기가 지금 어떻게 행동해야 하는지 잘 안다는 듯이.

마리가 아무 말도 하지 않자, 이윽고 형사가 말했다.

"아버님과 통화한 기록이 없더군요. 가장 최근에 만난 게 언제시죠?"

마리는 한동안 손가락으로 턱을 만지고 있다가 천천히 고개를 저었다.

"모르겠어요."

"역시 그렇군요, 그럼 대략적으로라도 짐작해 보신다면 언제쯤……"

"얼굴이 잘 보이질 않아요."

형사는 컴퓨터 자판을 두드리던 것을 멈추고 마리를 쳐다보았다.

"지금 그 말은 본인 아버지가 아니라는 뜻인가요?" 형사가 말했다.

마리는 손톱으로 이빨을 톡톡 두드렸다.

"하지만 맞겠죠. 여긴 내가 살던 집이니까."

때때로 다른 형사들이 그들의 뒤로 지나갔다. 그들은 문을 열고 밖으로 나갔다가 얼마 지나지 않아 다시 돌아왔다. 한 손에 별로 중요치 않아 보이는 서류 뭉치를 들고, 다른 손엔 자판기 커피를 들고. 지극히 평화로운 분위기였다. 그들은 의자에 앉아 한쪽 다리를 꼬아 다른 한쪽에 올려놓고 커피를 마시면서 다른 사람에게 말을 걸었다.

"어디 갔다 와?"

"좀 어때?"

"별거 아냐."

어느 시간에 와도 그들은 매번 그렇게 하고 있을 것처럼 보였다.

마리는 출입구 옆 소파에 앉아 있는 여자애를 보았다. 그 여자애는 마리가 처음 왔을 때부터 움직이지 않고 거기에 앉아 있었다. 양손을 무릎 위에 올려놓고 고개를 숙이고 있었다. 단발머리에 몸이 마르고 소심해 보였는데, 열넷이나 열다섯쯤, 많아도 중학생 이상으로는 안 보였다. 어쨌든 경찰서에 자주 드나들 것 같은 분위기는 아니었다. 쟤는 뭔데 저러고 있을까, 마리는 여자애를 가만히 쳐다보다가 다시 형사에게로 시선을 돌렸다.

"집 나온 지는 10년쯤 됐어요. 정확히 언제인지는 나도 몰라요. 그때 이후로는 본 적 없어요."

마리가 형사에게 말했다. 형사는 자판을 두드려 마리가 하는 말을 그대로 받아 적었다.

마리는 집을 나오고 나서 한참이 지난 후에 셀프 주유소에서 주유기를 손에 쥐고 걸어가는 남자를 본 적이 있었다. 그 남자는 보라색 구형 액센트 쪽으로 걸어가 미리 열어놓은 주유구에 주유기를 꽂아 넣었다. 그리고 그 옆에 서서 담배를 피웠다. 흙탕물이 여러 번 튄 것 같은 운동화. 먼지를 뒤집어쓴 검정색 야구모자. 기름줄이 주유구에 꽂힌 채로 진동하고 있었다. 그 남자는 주유가 끝나고 나서도 담배꽁초가 완전히 사그라질 때까지 물고 있었다. 기름 따위는 중요한 일이 아니라는 듯이, 자기는 담배를 물기 위해 여기에 왔다는 듯이. 마리는 그

남자가 누군지 한눈에 알아보았다. 아빠였다. 그러나 그 얘기
는 형사에게 하지 않았다.

"아버지가 평소에 원한 관계를 가진 사람이 있었습니까?"

"몰라요."

"어머니는 어떻게 된 겁니까?"

"나보다 먼저 집을 나갔어요."

"전화나 문자가 온 적은 없습니까?"

"엄마와 아빠, 둘 중에 누구요? 아무튼 그땐 휴대폰이 없
었어요. 누구에게든 전화가 올 일이 없었죠."

"곤란하게 됐습니다." 형사가 고개를 흔들었다.

"그러니까 그쪽 말씀은 아는 게 전혀 없다는 말씀이시죠?
네, 그렇군요. 이거 아주 곤란하게 됐어요."

그는 그 말을 반복했다. 그러면서 그는 몇 가지를 더 설명
했다. 사망자가 맞은 부위와 횟수, 직접적인 사인—다른 이유
없이, 망치로 맞아서였다— 용의자 확보에 어려움을 겪고 있
다는 것 등등. 그러나 그것은 추정일 뿐 확실한 것은 아니었다.
확실한 것은 그가 죽었다는 것뿐이었다. 그것만은 확실했다.

"이제 뭘 하면 되죠?"

"현장에 가 보셔야죠."

"지금은 안 돼요."

"아직 시신이 그대로 있는데요."

마리는 입을 다물었다. 형사는 다시 한번 안경다리를 들고 눈을 깜빡였다. 누군가 자판을 두드리는 소리가 들렸다. 다른 사람의 소리였다. 그녀는 그 사람에게 힐끗 눈을 돌렸다. 형사, 이거나 아니면 그냥 여기서 일하는 어떤 사람이거나. 알 수는 없었다. 또 그걸 아는 게 중요한 것도 아니었다. 그러나 마리는 그 사람이 두드리고 있는 자판의 내용을 상상하고 있었다. 한밤중에 벌어진 살인. 남자는 여느 때처럼 소파에 앉아 술을 마시고 있다. 그때 누군가 뒤로 다가간다. 잠자코 있는 뒤통수를 망치로 후려친다. 남자는 쓰러진다. 쓰러진 남자의 머리를 향해 다시 망치를 휘두른다. 왜 그랬는지는 모른다. 어쨌든 막노동으로 먹고살던 그 남자는 그렇게 죽었다. 마리는 갑자기 머릿속에 엉뚱한 생각이 떠올랐다. 냉장고를 만들러 가야지. 그게 내가 할 일이지.

　"지금은 안 돼요."

　마리가 말했다.

　그날 저녁에, 마리는 준과 함께 옛날 집에 도착했다. 마리는 올 필요 없다고 말했지만 준은 자기도 가고 싶다고 말했다.

　형사는 먼저 와서 기다리고 있었다. 그는 어두운 카키색 판초 우의를 입고 서 있었다. 날씨가 추워서 현장에 남아 있는 걸 껴입었다고, 묻지도 않았는데 그는 설명했다. 마리는 형사가 앉아 있는 모습만 봤었다. 그 사람은 자기 의자에 앉아서 일할 때보다 훨씬 작고 왜소해 보였다. 한 165cm 정도. 정강이까지 내려온 판초 우의가 그의 다리를 더 짧아 보이게 만들었다. 그는 햄버거 가게에서 포장할 때 줄 것 같은 종이봉투를 손에 들고 있다가 마리에게 주면서 말했다.

"혹시 몰라서요. 현장에 토사물이 남으면 곤란하거든요."

문 앞에서 경찰 둘이 담배를 피우고 있었다. 그들은 마리 일행이 다가오자 담배를 등 뒤로 돌려 감췄다.

"우린 괜찮아요, 피우세요."

준이 친절을 베푸는 듯이 말했다. 형사는 출입금지 테이프를 손으로 잡아서 들어 올린 다음 마리에게 고개를 끄덕였다. 마리가 허리를 숙이고 안으로 들어갔고 준이 뒤따라 들어왔다. 마리 일행이 안으로 들어가자 그들은 다시 담배를 피우면서 이야기를 나누기 시작했다.

소파와 텔레비전이 있었다. 그것은 마리가 떠나오기 전 모습 그대로였다. 그것들뿐만이 아니라 모든 것이 그대로 있었다. 벽지의 무늬, 바닥의 색깔, 천장의 색깔, 그 안에 들어 있는 것들, 모든 게. 마리가 살았던 집이 그대로 있었다. 그리고 방 안에는 남자가 바닥에 누워 있었다. 그는 사진에서 본 대로 등이 보이게, 고개는 옆으로 돌리고 누워 있었다. 두 팔은 차렷 자세였다. 사진보다 피의 붉은 색깔이 좀 더 선명하게 보였고 사진보다 여러 군데로 튀어 있었다.

"어때요? 본인 아버지가 맞지요?" 형사가 말했다.

준은 마리를 쳐다봤다. 마리는 형사를 쳐다봤다. 마리가 고개를 저었다. 형사의 금테 안경 속에서 동공이 커다랗게 변했다.

"아니라구요?"

"맞겠죠." 마리가 말했다.

"확실하게 말씀해 주셔야 하는데요." 형사가 말했다.

"맞아요. 확실해요." 마리가 말했다.

그는 사망자 확인 동의서를 꺼냈다. 준이 받아서 마리에게 건넸다. 마리는 그걸 받아 들고 잠시 동안 그 안에 있는 걸 읽었다. 그리고 사인했다. 준이 잠시 목청을 가다듬더니 말했다.

"혹시…… 보험 같은 건 없었나요?"

형사는 팔짱을 꼈다. 그는 준을 위아래로 훑어보았다.

"없었어요."

마리는 사인한 종이를 그에게 건넸다. 그는 마리가 사인한 종이를 받아 들고 서류철에 끼워 넣었다. 그리고 좀 전에 담배를 피우고 있던 두 경찰에게 턱짓으로 신호를 보냈다. 그러자 한 명이 무전기를 들고 말했다.

"들것 가져와."

밖은 추웠다. 해가 떠 있는데도 추웠다.

"봐야 할 사람이 있어요."

형사는 집 밖에서 그들의 일이 끝나길 기다리고 있던 여자아이를 데려왔다. 마리는 그 아이가 경찰서에서 소파에 얌전히 앉아 있던 바로 그 아이라는 것을 알았다.

"이 학생이 피해자를 잘 알았다는군요. 집에서 청소를 해주는 아르바이트를 했답니다. 가사 도우미 같은 거요. 그렇지, 제이?"

제이가 고개를 끄덕였다.

"시신을 가장 먼저 목격하고 신고한 사람도 이 학생입니다."

마리가 여자애를 응시했다. 그러자 제이는 고개를 숙였다.

"혹시 아버지에 관해 궁금한 것이 있으면 제이에게 연락하세요. 자세히 알려 줄 겁니다. 그런 건 자식의 권리니까요."

그들은 집으로 돌아왔다. 준은 중간에 맥도널드에 들러 세트로 된 햄버거를 사서 차 안에서 저녁 대신 먹었다. 마리는 준에게 주의를 줬다.

"감자튀김 먹고 아무 데나 만지지 마, 차 안에 기름 자국 나잖아."

집으로 돌아왔을 때, 마리는 준이 조금 전에 있었던 일에 대해 말하고 싶어 한다는 것을 알았다.

"그런 건 처음 봤어."

준은 양손으로 동작을 만들어 보이면서—"이렇게 돼 있었단 말야, 이렇게"— 말하려고 했다.

"나도야."

"정말 아빠 맞아?"

"맞는 것 같아."

"그럼 어떻게 해?"

준은 아침에 했던 말을 다시 했다.

"달라질 건 없어."

마리가 말했다. 마리는 귀고리를 풀어서 전화기 옆에 두었다.

"대체 달라질 게 뭐가 있겠어."

"그렇지."

준이 대답했다.

"그럴 건 없지."

준은 형사가 무슨 말을 했는지 알고 싶어 했다.

"그 여자애, 갈 데가 없대."

"그래? 갈 데가 없는 애였군," 그는 리모컨으로 채널을 돌려 가면서 말했다. "갈 데가 없는 애였어."

계속 돌려도 자기가 보고 싶은 프로그램이 나오지 않자 그는 할 수 없다는 듯이 자연 다큐 프로그램에서 멈추고 리모컨을 내려놨다.

"어떻게 그 집에 들어가게 됐는지 모르겠어. 아무튼 그동
안 그 집에서 살았다는 거야. 근데 일이 이렇게 됐으니 이제 난
감하게 됐다 이거지. 이 사건에서 아주 중요한 사람이라는군.
그래서 형사 말은 걔를 우리가 잠시 좀 맡아 달라는 거야."

준은 "그래?" 하고 물었지만 마리는 준이 지금 자기가 무
슨 말을 하고 있는지 모른다는 걸 알았다. 그는 텔레비전에 들
어가 있었다. 마리는 제이가 경찰에게 의심받고 있다는 말은
하지 않았다.

마리는 캔맥주 하나를 따서 소파에 앉았다. 그리고 텔레
비전을 켠 다음 마시기 시작했다. 탁자 위에는 기름이 거의 안
남은 라이터와 꾹꾹 눌러 꺼진 담배꽁초 수십 개가 들어 있는
종이컵이 있었다. 그 옆에는 며칠 전 마시다 남은 콜라와 콜라
를 따라 마신 머그컵이 있었다. 그 안에는 콜라가 얇게 남아 굳
어 있었다. 그 컵은 준이 혼자 살 때 쓰던 걸 가져온 것이었다.
준도 캔맥주 하나를 들고 와서 마리의 옆에 앉았다. 그리고 그
는 담배를 꺼내 기름이 거의 안 남은 라이터로 불을 붙였다. 마
리가 손짓하자 그는 담배 하나를 더 꺼내 불을 붙여 마리의 입
가로 가져다줬다.

"한 번 할까?"

준이 말했다.

마리가 고개를 끄덕였다.

마리는 형사가 했던 말을 떠올렸다.

집으로 돌아오기 전에, 넷이서 별로 달갑지 않은 얘기를 하고 있던 그때에, 형사는 마리를 따로 불러냈다. 그는 함께 담배를 피우자는 말로 마리를 무리에서 끌어냈다. 준이 자기도 담배를 피우고 싶다고 했지만 형사는 여기서 피워도 된다고 말하면서 그를 남아 있게 했다. 준이 상심한 듯한 표정을 지었지만 마리는 그대로 놔두었다.

형사는 목소리를 낮추고 말했다. 가까운 사람이 범인일 수 있어요. 그는 그렇게 말하면서 고개를 끄덕였다.

"이런 일은 대부분 그런 식이라고요."

마리는 준과 제이를 슬쩍 쳐다봤다. 준은 경비를 보고 있는 경찰들에게서 라이터를 빌려 담배에 불을 붙이고 있었다. 그는 라이터를 돌려주고 제복을 입고 서 있는 경찰들을 신기하다는 눈빛으로 쳐다봤다. 그리고 그 여자애, 제이가 고개를 숙인 채 벽 한쪽에 등을 기대고 서 있는 것이 보였다. 아직까지 증거는 발견되지 않았지만 제이를 용의선상에서 지우지는 않았다고, 형사는 말했다.

"그런 식이라고요."

그의 말이었다. 마리는 형사가 하는 말을 잠자코 듣고 있었다.

 그들은 소파에서 한 번 하고 나서 잠들었다. 준은 거실에서 텔레비전을 더 보다가 잠들었고 마리는 방 안에서 잤다. 텔레비전은 계속 돌아가고 있었다. 그들이 잠든 지 한참이 지난 후에 전화벨이 울렸다. 마리는 몇 시나 됐는지 알고 싶었다. 그러나 시계가 보이지 않았다. 마리는 집 안에 시계가 없다는 사실을 깨달았다. 경찰일 거라고 생각했다.

 하지만 전화를 건 것은 제이였다. 처음에 마리는 잘못 걸린 전화라고 생각했다. 아니면 장난 전화이거나. 마리는 그 여자애의 이름이 제이였다는 사실을 잊고 있었다. 수화기 너머로 잡음이 섞여 들어왔다. 약간의 바람 소리와 빗소리였다. 마리는 전화를 걸고 있는 여자애의 모습을 떠올렸다. 제이는 우연히 연락이 닿아서 전화했다고 말했다.

 우연히 연락이 닿아서. 제이는 아버지 얘기를 듣고 싶으냐고 물었다. 마리는 필요 없다고 말했다. 그러자 제이는 말을 멈췄다. 둘은 한동안 아무 말도 하지 않았다. 제이가 입을 달싹거리는 듯한 소리가 들렸다. 마리는 제이의 다음 말을 기다렸다. 그러나 제이는 아무 말도 하지 않았다. 켜져 있는 텔레비전이 보였다. 마리는 리모컨을 눌러서 텔레비전을 꺼 버렸다.

 "내일 집으로 와."

마리는 그렇게 말하고 전화를 끊었다.

다음 날 일이 끝나고 차를 타고 집으로 돌아오면서 마리와 준은 제이가 오는 것에 대해 얘기했다.

"난 애들 싫어."

준이 말했다.

"내가 애였을 때도 애들이 싫었어. 진짜 어린애는 괜찮아. 말도 할 줄 모르는 애들. 근데 말하기 시작하면 싫다고. 걔도 싫을 거야."

차창 밖으로 전깃줄이 여러 줄 엉켜 있는 전봇대가 보였다. 차가 앞으로 전진해 감에 따라 새로운 줄이 텔레비전 주파수 화면처럼 나타났다. 마리는 아무 말 없이 창밖을 보고 있었다. 무슨 생각에 잠겨 있는 건 아니고 그냥 창밖을 보고 있었다. 전깃줄은 엉킨 채로 죽 이어지다가 어느 순간 풀어지는 듯하더니 다시 얽혀 버렸다.

그건 아주 간단한 일이었다. 준의 차가 집 앞으로 들어섰고 공기 중으로 먼지가 일었다. 다른 차는 없었다. 마리는 창문 앞에 서서 준이 차에서 내리는 모습을 보았다. 준이 차에서 내린 곳에는 음료수 캔이 찌그러진 채로 버려져 있었다. 준이 전에 먹고 버린 것이었다. 그는 음료수 캔을 발로 차서 다른 곳으로 가게 했다.

잠시 후에 여자애가 내렸다. 그 애는 빨간색 니트와 낡은 청바지를 입고 양손에 가방을 들고 있었다. 준이 뭔가 설명을 하는 듯이 손을 뻗으며 말하는 모습이 보였다. 그날은 일요일 오후였다. 제이를 태우고 오는 준에게, 마리는 뭔가를 해 줘야 하는 건지 물었다.

"뭐를?"

준이 말했고, 마리는 전화선을 손가락으로 비비 꼬았다.

"왜 있잖아, 먹을 거 같은 거 말이야."

"몰라, 물어볼까?"

"아냐, 됐어."

마리와 준 외에는 아무도 이 집에 들어온 적이 없었다. 마리는 그 사실을 준이 문을 붙잡고 서서 제이에게 들어오라고 말할 때 깨달았다.

"들어와."

준이 말했다.

제이가 양손에 가방을 들고 들어왔고, 마리는 "안녕"이라고 말했다. 제이의 얼굴이 붉게 물들었다. 제이는 고개를 꾸벅 숙여 인사했다.

그들은 텔레비전을 보면서 피자를 시켜 먹었다. 텔레비전 앞에서 웃고 떠들면서 피자를 잘라 먹고, 피클을 집어 먹고, 콜라를 마셨다. 마치 다음에 일어날 일은 생각해 본 적 없는 사람들처럼, 뭐가 뭔지 모르겠다는 사람들처럼.

마리는 종종 준을 쳐다봤다. 준은 즐거워 보였다. 또 제이
를 쳐다봤다. 제이는 준이 웃으면 따라 웃고 웃지 않으면 가만
히 있거나 주변을 둘러봤다. 냉장고나 바닥에 깔린 카펫, 싱크
대에 쌓인 그릇 같은 것들. 별로 걱정할 것은 없어 보였다. 무
슨 걱정을 한단 말이지? 마리는 고개를 흔들었다. 그리고 다시
텔레비전에 집중했다. 얼마 안 가서 밤이 왔고 일요일은 금방
지나갔다.

"넌 저 방에서 자. 우린 이 방에서 잘 테니까."

마리가 이 집에 있는 두 방 중 하나의 문을 열어 줬다. 둘
의 방보다 약간 더 작은 방이었다. 하지만 어느 방이나 크게 다
를 것은 없었다. 어차피 지저분하기는 마찬가지였다. 마리는
제이에게 남는 이불을 꺼내 줬다. 제이는 이불을 받아 들고 방
문 앞에 서 있었다.

"왜? 마음에 안 들어?"

"아뇨."

"네가 여기서 잘래? 우린 상관없어."

"저는 원래 작은 방에서 잤어요, 그 집에서요."

그 말은 마리에게 하는 것 같기도 했고 스스로에게 다짐
하는 말 같기도 했다. 마리는 제이가 더 말을 할 때까지 기다렸
다. 그러나 제이는 아무 말도 하지 않았다. 마리가 말했다.

"화장실은 저쪽에 있어."

　밤중에 마리는 거실에서 텔레비전이 켜지는 소리를 들었다. 마리는 방 안에 있었고 텔레비전은 바깥에 있었지만 전자파가 켜지는 느낌을 알 수 있었다. 텔레비전은 켜지자마자 볼륨이 줄어들었다. 마리는 고개를 돌렸다. 준은 마리의 옆에서 자고 있었다. 그는 아무 일도 일어나지 않은 것처럼, 그리고 아무 일도 일어나지 않을 것처럼 자고 있었다. 거실에서 희미하고 두런두런하는 소리가 들려왔다. 알아들을 수 있는 정도의 소리는 아니었지만 어쨌든 소리가 나고 있다는 것은 알 수 있었다. 방문 틈으로 푸른빛이 희미하게 흘러들어 왔다. 마리는 잠결 속에서 그 빛을 바라보았다. 빛은 문 밑에서 미세하게 색깔을 다르게 하면서 조금씩 움직였다. 마리는 가만히 그 빛을 바라보다가 어느 순간 다시 잠들었다.

　다음 날 마리가 퇴근하고 돌아와서 집안을 처음 봤을 때 마리는 자기 집이 아닌 줄 알았다. 제이는 거실에 돌아다니는 잡동사니들을 걸레로 닦고 있었다.

"뭐 하고 있는 거야?"

마리가 신발장에 서서 말했다.

그때 준이 화장실에서 막 나왔다.

"이것 봐, 제이가 집을 새 걸로 만들었어."

준은 엄지손가락을 치켜들어 보였다. 화장실에서 세정제 냄새가 흘러나왔다.

"왜 네가 여기 청소를 하는 거지?"

마리가 말했다. 제이는 얼굴을 붉히고 서 있었다. 제이의 뒤로 활짝 열린 창문에서 차가운 바깥 공기가 들어왔다.

"청소를 해도 돈은 줄 수 없어."

"돈은 안 주셔도 돼요."

"정말 안 줄 거야."

"이봐, 마리."

"정말 안 주셔도 돼요."

마리는 방 안에 들어가서 침대 위로 코트를 벗어 던졌다. 그리고 팔베개로 머리를 받치고 코트 옆에 누웠다. 한숨을 한 번 쉬고 천장을 바라봤다. 천장에 붙어 있는 별과 달 모양 스티커가 보였다. 예전에 비가 많이 왔을 때 옥상 배수구가 막힌 적이 있었다. 배수구 근처에 쌓여 있던 낙엽들을 치우지 않았던 것이다. 낙엽들은 배수구로 몰려들어 구멍을 막아 버렸다. 옥상은 물탱크처럼 한동안 잔뜩 물을 이고 있었다. 불룩해진 천장이 뭔가 이상하다는 걸 눈치채고 옥상에 올라갔을 때는 시간이 한참 지나서였다. 옥상에 고인 물은 빼냈지만 오랜 시간 습기를 먹은 천장은 여기저기 누렇게 뜨고 곰팡이를 만들어 내기 시작했다. 마리와 준은 침대 위로 올라가 천장에 생긴 곰팡이 자국을 닦아 냈다. 그러나 여전히 남아 있는 자국들도 있었다. "저것 좀 어떻게 해 봐!" 마리가 소리를 질렀다. 마리는 이런 경험이 처음이었다. 마리는 마치 집이 통째로 없어진 사람처럼 굴었다. 그때 준이 별 모양 스티커를 사다가 붙였던 것이다. 붕 뜬 천장은 어쩔 수 없었지만 곰팡이 자국은 별과 달로 변했다. 누가 보면 인테리어를 해 놓은 줄 알 거라고, 준은 말했다.

밖에서는 아직 제이가 청소를 하고 있었다. 준이 히히덕거리면서 제이에게 말을 걸었고 제이는 가끔씩 웃는 소리를 냈다. 마리는 이제 어떻게 되는 건지에 대해 생각했다. "이제 어떻게 되는 거지?"

오전에는 형사에게서 전화가 걸려 왔다.

"무슨 얘길 하던가요?"

형사는 뭔가 아는 것을, 알게 된 것을 말해 주기를 원했다. 그러나 마리는 아는 것이 없다고 말했다. 실제로도 그랬다. 마리는 곧 전화를 끊었다.

"우리 부루마블 어디에 있지?" 준이 방 안으로 들어왔다.

"뭐라고?"

"부루마블 말야, 보드게임. 제이랑 부루마블을 할 거야."

마리는 누운 채로 눈을 돌리고 준이 서랍을 뒤지는 모습을 지켜봤다.

"애들 싫다고 하지 않았어?"

"흐음…… 어디로 갔지. 좀 찾아봐, 부루마블은 원래 셋이서 해야 재밌다구."

준은 방에서 나갔고 마리는 한동안 그대로 더 누워 있었다. 부루마블을 찾게 되면 아마도 자기를 부를 것이다. 그때까지 마리는 더 누워 있을 생각이었다. "이제 어떻게 되는 거지?"

그러나 아무도 마리를 부르지 않았다. 마리는 그대로 잠이 들었다가 얼마 후에 깼다. 화장실에 가고 싶었다. 창밖으로 달이 떠 있었고, 텔레비전 소리가 들려왔다. 마리는 침대 위에서 몸을 비틀고 몇 번 도리질을 하다가 몸을 일으키고 침대에서 나와 방 문고리에 손을 갖다 댔다. 그러자 텔레비전이 꺼지고 문이 닫히는 소리가 들렸다. 마리가 화장실에 갔다 왔을 때 준은 소파 위에서 자고 있었다. 마리는 제이의 방문을 열었다.

"안 자고 있는 거 알아."

제이가 뒤집어쓰고 있던 이불을 슬며시 내렸다.

"잠이 안 오니?"

"아……"

"봐도 돼."

"괜찮아요."

"난 볼 거야."

마리는 맥주를 갖고 와서 텔레비전을 켜고 바닥에 앉았

다. 작은 소파여서 앉을 자리가 없었다. 옛날 영화가 하고 있었다. 처음 보는 것이었지만 복장이 촌스럽고 화면이 흐릿한 게 옛날 영화였다. 누가 총을 들고 있었다.

"이 년을 쏴 버릴 테다." 총을 든 사람이 말했다.

"할 테면 해 보시지." 또 다른 사람이 말했다.

"정말 쏠 테다."

제이가 천천히 방문을 열고 나왔다. 그녀는 마리와 준을 번갈아 쳐다보고 바닥에 무릎을 굽혀 모으고 앉았다. 준은 여전히 자고 있었다.

"너도 마실래?"

마리가 물었고, 제이는 잠깐 멈칫했지만 곧 고개를 끄덕였다. 마리는 냉장고에서 맥주를 꺼내다가 제이에게 줬다.

"처음엔 목이 좀 아파. 하지만 곧 익숙해지지."

그들은 말없이 텔레비전을 봤다. 총을 든 사람은 계속해서 쏘겠다고 협박하고 있었다. 인질로 잡힌 여자는 살려 달라고 소리쳤다. 총을 안 든 남자가 담배를 피워 물고 그에게 씨익 웃어 보였다. 어디 한번 해 보라고, 그렇게 말하는 것처럼 보였다. 마리는 담배를 피워 물었다. 그리고 리모컨을 한 손에서 다른 손으로 옮겨 쥐었다. 마리의 시선은 계속 텔레비전을 향해 있었다.

"우리 아빠는," 마리가 말했다.

"인생은 어떻게 될지 모르는 거라고 말하곤 했지. 다음 일을 생각해 놓지 않으면 뭐가 뭔지도 모르게 상황이 닥쳐 버린다고 말이야. 술을 마시고 와서 내 방문을 열고 이렇게 말했어. 자, 마리, 내일은 어떻게 할 건지 생각해 봤니? 그럼 나는 아무 대답도 할 수 없었어. 내일은 어떻게 할 거냐니? 도대체 무슨 대답을 한단 말이야?"

제이는 텔레비전을 보고 있었다. 제이의 얼굴은 금세 붉어져 있었다. 제이는 마리의 말이 들리지 않는 것처럼 보였다. 어쩌면 정말 못 들었을 수도 있었다.

"내일은 어떻게 되는 거지? 맙소사, 난 하루 종일 냉장고를 조립해. 냉장고에 있는 반도체가 뭔지 알아?" 제이가 마리를 향해 붉은 얼굴을 돌렸다.

"난 그게 뭔지도 몰라. 그게 뭔지 내가 어떻게 알겠어?"

마리는 담배 연기를 천장을 향해 내뱉었다. 담배 연기가 천장을 맴돌았다.

"세상에 냉장고라니, 난 내가 냉장고를 만들게 될 줄은 꿈에도 몰랐어."

마리는 거실을 흘깃 훑어봤다. 거실은 달빛과 텔레비전 빛으로 물들어 있었다. 마리는 고개를 돌려서 제이의 얼굴을 봤다. 자신과는 아무것도 닮은 것이 없는 그 애를.

"밤에는 어딜 돌아다녔던 거야? 어두워지면 네가 그 집 주변을 걸어 다녔다는 걸 본 사람들이 있어."

제이는 뭔가 생각에 잠겨 있는 것처럼 보였다. 무슨 말을 할지 궁리하고 있는 것 같기도 하고, 자기가 뭘 하고 있었는지 정말 생각해 보고 있는 것 같기도 했다.

"제이?" 마리가 말했다.

"네?" 제이가 말했다.

"네가 죽였는지 안 죽였는지는 중요하지 않아. 하지만 경찰은 네가 뭘 했는지 궁금해하고 있어. 그리고 그게 중요한 거야."

마리는 담뱃재를 바닥에 털었다. 그리고 맥주를 길게 한 모금 더 마셨다. 제이도 맥주를 더 마셨다. 제이의 얼굴은 이제 완전히 붉어져 있었다.

"어젯밤에는 그 집에 다녀왔어요." 제이가 말했다.

"거긴 왜?" 마리가 말했다.

"당장 필요한 것들을 가져왔어요. 여기에 당장 필요한 거요."

"그거 지금 나 들으라고 하는 말이야?"

"뭐가요?"

"아냐, 됐어."

마리는 고개를 절레절레 흔들었다.

담배를 물고 있던 남자가 담배를 바닥에 버렸다. 남자는 담뱃불을 발로 비벼서 껐다. 총을 든 남자가 여자를 풀어 줬다. 풀려난 여자는 울면서 도망쳤다.

"아," 제이가 말했다. 제이는 손가락으로 부엌을 가리켰다. 마리는 제이가 가리킨 방향으로 고개를 돌렸다. 냉장고 위에 뭔가가 있었다. 제이가 일어나서 의자를 받쳐 놓고 냉장고 위에서 뭔가를 끄집어냈다.

"부루마블이잖아," 마리가 말했다. "거기에 있었군."

둘은 바닥에 앉아서 종이상자 안에 든 것들을 꺼냈다. 흰색 노란색 검정색 말들과 주사위 두 개, 백만 원, 천만 원짜리 돈들이 쏟아져 나왔다.

"준비됐어? 아직도 할 생각 있는 거 맞지?"

제이가 고개를 끄덕였다.

"좋아, 그럼 난 화장실에 갔다가 맥주를 더 사 올 테니까 그동안 준을 깨워 놔."

아직 견딜 만했지만 점점 더 추워지고 있었다. 마리는 지퍼를 올려 목까지 채우고 양쪽 주머니에 각각 손을 집어넣었다. 달이 높이 떠 있었다. 별은 보이지 않았다. 마리는 걸어가면서 숨을 크게 내쉬어 입김이 나오는지 시험해 봤다. 그러나 어두워서 잘 보이지 않았다.

마리가 맥주를 사 들고 집으로 돌아왔을 때 제이와 준은 바닥에 앉아서 부루마블을 하고 있었다. 마리는 맥주가 든 비닐봉지를 소파 끝으로 던졌다. 그리고 소파에 앉아 맥주를 따서 마셨다. 부루마블을 해 본 지 오래됐지만 룰을 기억해 내야 할 필요는 없었다. 그냥 주사위를 던지고 말을 옮기면 된다. 처음에는 각자에게 얼마간 돈이 주어진다. 하지만 건물을 사기 시작하면 돈은 곧 바닥이 날 것이다. 다시 돈을 채우려면 몇 바퀴는 돌면서 남의 땅을 피해 다녀야 한다. 무인도에 갇히면 오랫동안 차례가 돌아오길 기다려야 할 것이다. 돈이 없을 때는 그것도 괜찮은 방법이다. 마리는 내일 출근을 하려면 이제 자야 한다는 걸 알고 있었다. 준이 다시 주사위를 던졌다. 이어서 제이가 주사위를 던졌다. 마리는 말이 다른 곳으로 옮겨지는 모습을 보고 있었다.

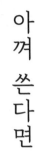

아껴 쓴다면

* 『현대문학』 2019년 4월호에 실었던 것을 고쳐 썼다.

지난달에 내 친구 재규와 전화 통화를 할 때 그는 자기가 있는 곳에 놀러 오라고 말했다. 그러면서 무슨 지역 이름을 말해 줬는데 나는 거기가 어디에 붙어 있는지도 몰랐다. 나는 알겠다고 했다. 다른 생각을 하고 있다가 일단 알겠다고 했다. 아무래도 상관없는 일이었다. 나는 시간이 많았다. 일은 그만둘 생각이었다. 어차피 내가 다니던 색종이 회사는 망하는 수순으로 가는 중이었다. 사람도 뜸해지고 돈도 안 됐다. 요즘 누가 색종이 접기를 하겠나. 애들 데리고 시간 때우려는 엄마들만 간간이 있을 뿐이었다. 주변에 무슨 키즈 카페라고 하는 게 생기면서는 그것도 뜸해졌다.

　그전까지 나는 재규가 산다는 곳에 가 본 적이 없었다. 별

다른 일이 생기지 않는다면 앞으로도 갈 일이 없을 것이었다. 난 여행을 안 좋아하고 운전도 별로 안 좋아하니까. 하지만 재규는 지금 대장암에 걸렸다. 다른 친구한테 듣기로는 암이 복막까지 전이됐다는데 인터넷에 검색해 봤더니 대장암 4기 증상이라고 했다. 복막은 심장이나 대장, 십이지장 뭐 그런 걸 둘러싸고 있는 막인데 그 막에도 암세포가 번졌다는 얘기였다. 어떤 놈이 댓글로 "더 이상 손 쓸 도리가 없는 상태"라고 써 놓은 걸 봤다.

어느 날 재규는 저녁으로 제육덮밥을 먹고 잠깐 눈 좀 붙일 생각으로 누웠다. 그런데 배가 아파 왔다고 한다. 먹고 바로 누워서 그런가, 하고 재규는 그냥 다시 잤다. 하지만 자고 일어났더니 배가 더 아팠다. 그는 한동안 자리에 누운 채로 일어나지 않았다. 밤이 되어서야 뭔가 이상한 걸 느낀 아내가 재규를 흔들었다. 재규가 처음 응급실로 실려 간 게 그때다. 그 이후 몇 달 동안 서너 번을 더 갔다.

처음 간 병원의 의사는 재규가 급성 맹장에 걸렸다고 했다. 맹장이 터져서 흘렀다나 뭐 그런 따위의 얘기를 했다. 그건 믿을 게 못 되는 말이었다. 결국 맹장이 아니라 암이었으니까. 어쨌든 맹장 수술을 받고 한 달이 지나서 재규는 쓰러졌고 이번엔 제대로 된 병원에 갔다. 그들은 재규가 암이라고, 대장암 4기라고 말해 줬다. 병원에서 의사와 심각한 얘기를 몇 번

나눈 끝에 재규는 시골로 갔다. 우리가 산 좋고 물 맑은 곳이라고 하는 그런 곳에 들어간 것이다.

나는 여자 친구에게 같이 갈 생각이 있느냐고 문자를 보냈다. 바보 같은 짓이었다. 며칠 전에 여자 친구가 세 들어 사는 방에 갔을 때, 내가 당분간 쉬면서 미래를 생각해 볼 거라고 하자 그녀는 내게 말했다.

"그냥 평생 쉬시지 그래."

나는 주먹으로 벽을 친 다음 접시 하나를 깼다. 그녀는 내게 핸드폰을 집어 던졌다. 나는 문을 쾅 닫고 나왔다. 나오면서 그녀가 문에다 뭔가를 또 집어 던지는 소리를 들었는데 그게 뭔지는 모른다.

'병신'

그녀한테서 온 답장이다. 나는 핸드폰을 조수석에 던진 다음 차를 몰아 재규가 사는 곳으로 갔다.

도착해서 보니 재규는 보이지 않고 재규의 아내만 있었다. 둘이 결혼했을 때 재규는 스물다섯이었고 아내는 스물하나였다. 우리도 어렸지만 그녀는 정말 어렸다. 스물하나라니, 아직 새파란 애였다. 벌써 결혼을 한다고? 친구들의 말에 재규는 대답하지 않고 술만 마셨다. 우리는 그 이유를 결혼식 날 알 수 있었다. 신부의 아랫배가 불룩 솟아 있었다. 알 만했다. 전체적으로 빼빼 마른 그녀가 아랫배만 불룩 나와 있는 걸 보고 우리는 고개를 끄덕였다. 나는 식장 맨 뒤에 서서 그들이 서약을 하고 행진하는 모습을 지켜봤다. 몇몇 사람들이 손으로 입을 가리고 자기들끼리 웃었다.

그녀는 내가 기억하는 모습과 너무 달랐다. 오랜만에 봐서 그런가 했지만 달라도 너무 달랐다. 세상에, 그녀는 아직 이십 대인데도 사십 대라고 해도 될 만큼 늙어 보였다. 눈 밑이 퀭하고 푹 들어간 게 환자 같은 얼굴이었다.

"아, 잘 지냈죠?"

내가 말했다. 멍청한 말이었다. 하지만 별수가 없었다. 오랜만에 만난 친구의 아내에게 달리 무슨 말을 한단 말인가?

그녀는 수줍은 듯 고개를 끄덕였다. 그녀의 몸이 흔들리자 등 뒤에서 보자기에 싸여 잠든 아기가 살짝 우는 소리를 냈다. 그녀는 내게 안으로 들어오라고 했다. 나는 거실 소파에 앉아 그녀가 깎아 온 참외를 먹으며 집안을 곁눈질했다. 방이두 개에 화장실이 하나짜리 집이었다. 텔레비전이 켜져 있었고, 테이블 위엔 유리로 된 크리스탈 모양의 재떨이가 있었다. 먹고 버린 약봉지와 음식을 먹으려고 깔아 둔 것 같은 신문지도 몇 장 있었다. 거기엔 짜장 양념 같은 게 묻어 있었다. 나는 그들이 무슨 돈으로 생활을 꾸려 가고 있는지 몰랐다. 재규가 일을 그만두면서 얼마간 퇴직금이 나오기는 했겠지만 그건 금방 없어졌을 것이다.

텔레비전은 건강 채널 같은 데에 맞춰져 있었다. 개량 한복을 입은 사람이 나와서 무슨 말인가를 하고 있었는데, 내가 들어오자 그녀가 볼륨을 줄였기 때문에 소리는 거의 들리지 않았다. 그 사람은 맨발로 무대 위를 돌아다니고 등 뒤로 손뼉을 치면서 말을 했다. 방청객들이 박수를 쳤다.

텔레비전 옆에는 그들의 결혼식 사진이 있었다. 나는 그 사진을 쳐다봤다. 엊그제 같은데 벌써 몇 년 전이라니 시간은 참 금방 간다. 그녀는 결혼식 내내 웃고 있다가 자기 부모님이 우는 모습을 보자 덩달아 울기 시작했는데 어찌나 우는지 신부 화장이 다 번질 정도였다. 아주 심하게 울었다. 재규가 옆에서 토닥였지만 그게 상황을 더 나쁘게 만드는 것처럼 보였다. 그래도 사진 속에서 그들은 활짝 웃고 있었다. 나는 멍하니 사진을 보다가 말했다.

"재규는 잘 있나요?"

이 말도 멍청한 말이었다. 하지만 아까도 말했듯이, 그게 아니면 무슨 말을 한단 말인가?

"낚시를 하러 갔어요. 곧 돌아올 거예요."

나는 고개를 끄덕였다. 재규가 놀러 오라고 하면서 한 말도 낚시를 같이 하자는 것이었다. 나는 낚시를 해 본 적이 없었다. 내가 알기로는 재규도 낚시를 해 본 적이 없었다. 우리는 낚시를 하면서 자란 사람들이 아니었다. 다른 사람들이 하는 걸 본 적은 있지만 해 본 적은 없었다. 하지만 나는 알겠다고 했다. 그때 전화 통화를 하면서는 그냥 다 알겠다고 했다.

그녀는 아기를 소파 위에 올려놨다. 녀석은 눈알을 한번 휘 굴려서 주변을 살피더니 나를 발견하자 멈칫했다. 처음 보는 뭔가가 거기 있으니 눈길이 가는 게 당연하다. 나는 뭐라도 해야 한다는 걸 알았다. 예쁘다든지, 장군감이라든지, 그런 말을 해야 한다는 걸 알았다. 그래서 머릿속으로 아이 이름이 뭐였는지 떠올리면서 무슨 말을 하려고 준비했다. 그러나 도무지 애 이름이 기억나지 않았다. 분명히 들었던 것 같은데 빌어먹을, 남자아이였는지 여자아이였는지조차도 기억나지 않았다. 얼핏 봐서는 남자 같았다. 하지만 아닐 수도 있었다.

"아기가 아주 예쁘네요."

내가 말했다.

"고마워요."

우리는 아기에 대해서 몇 마디 말을 더 나눴다. 그녀가 아기 이름을 말하지 않은 채 얘기했기 때문에 나는 계속해서 "아기"라고 말하거나 손가락으로 아기를 가리키면서 말했다. 녀석은 잘 웃고 있다가도 나를 보기만 하면 멈칫하더니 의아한 표정이 되었다. 다 좋은데 저 사람은 왜 여기에 있는 거냐고 묻는 것처럼.

"얼굴에 바람을 불어 주면 무척 좋아해요."

그녀가 말했다. 나는 계속 아기를 보면서 고개를 끄덕였다. 우리는 한동안 말이 없었다.

"한번 해 보실래요?"

"뭘요?"

"바람요. 얼굴에 바람을 불어 보세요."

나는 얼빠진 얼굴을 하고 있다가 문득 정신을 차렸다. 그리고 입술을 동그랗게 말아서 아기 얼굴에 바람을 불어 봤다. 그러자 아기의 눈이 휘둥그레 커지더니 까르르 웃었다.

"봐요. 좋아하죠? 참 단순해요."

"그러네요."

그러고 나서 우리는 다시 말이 없었다. 나는 이따금 텔레비전 화면을 올려다봤다. 아까 그 사람이 가방에서 뭔가를 꺼내 자기 손바닥 위에 올려놓고 있었다. 자세히 보니 애벌레였다. 바싹 말린 애벌레가 그의 손 위에 수북이 쌓여 있었다. 그는 다시 방청객이 있는 곳을 향해 무슨 말인가를 열심히 했는데 나로서는 종잡을 수 없는 말이었다. 이게 얼마나 몸에 좋은지 아느냐, 뭐 그런 말을 하는 것 같았다.

우리 사이에 침묵이 길어졌다. 나는 창밖을 바라봤다. 창밖에는 잎사귀가 떨어진 나무들이 많았다. 여름은 아니었지만 봄도 아니었다. 그 중간쯤이었다. 재규는 이곳이 벚꽃이 많은 곳이라고 했다. 그러니까 그건 벚나무였다. 지금은 잎이 다 떨어졌지만 어쨌든 벚나무였다.

"좀 일찍 올 걸 그랬어요."

내가 말했다.

"뭐라고요?"

아기를 보던 그녀가 깜짝 놀란 듯이 고개를 들고 물었다.

"저 말이에요. 제가 좀 더 일찍 왔으면 벚꽃도 보고 좋았을 거라고요."

그녀는 나를 쳐다봤다. 뭔가 생각하는 것 같은 표정이었다. 잠시 후에 그녀가 말했다.

"네, 일찍 왔으면 좋았을 거예요."

우리는 벚나무를 바라봤다. 가끔씩 잔가지들이 바람에 흔들렸다.

"그랬으면 좋았을 거예요."

그녀가 창밖을 보며 말했다.

바퀴에 진흙이 잔뜩 묻은 흰색 포터가 마당 안으로 천천히 들어왔다. 거기서 재규가 내렸다. 그는 어디서 구했는지 농사꾼이나 쓸 것 같은 큰 밀짚모자를 쓰고, 단추를 풀어헤친 체크 무늬 셔츠를 입고 있었다. 안에는 누렇게 색이 바라고 목이 늘어난 티셔츠가 보였다. 내가 재규를 마지막으로 본 건 재규가 아직 병원에 있을 때였다. 그 이후로 우리는 가끔 통화만 했으니 실제로 보는 건 몇 달 만이었다. 나는 현관 입구에 서서 재규가 걸어오는 모습을 지켜봤다. 그때 바람이 살짝 불었고 그 통에 재규가 입고 있던 셔츠와 티셔츠가 동시에 펄럭였다.

"여—"

내가 말했다. 그 말밖에는 나오지 않았다. 뭐랄까, 영화에 나오는 좀비랄까, 컴퓨터 게임에 나오는 해골 몬스터랄까, 그런 게 내 앞으로 걸어오고 있었다.

"여—"

내가 다시 말했다. 재규는 내 앞으로 와서 씩 웃으며 손을 내밀었다. 나는 재규가 내미는 손을 맞잡았다. 혹시라도 부러질까 봐 아주 살짝 잡았다.

"잘 지냈지?"

재규가 말했다. 이번에는 나는 잘 지냈냐고 묻지 않았다. 그냥 고개만 끄덕였다. 그런 후에 재규는 아기—여전히 나는 아기 이름을 모르는 상태였다—에게 다가가 나를 봤을 때처럼 씩 웃고는 한참 동안 가만히 바라보았다. 마치 그게 일인 사람인 것처럼, 집에 들어오면 첫 번째로 해야 하는 의식인 것처럼. 옆에서 그 모습을 아내가 지켜보았다. 나는 신발장 근처에 서서 번갈아 가며 그들을 쳐다보았다. 그러고 나서 벽에 걸려 있는 시계를 봤다. 달력도 봤다. 크리스탈 모양 재떨이도 다시 한번 봤다. 잠시 후 재규가 나가자고 말했다.

"벌써?"

"여기 있어 봐야 할 게 없어. 낚시나 하러 가자고."

나는 고개를 돌려 슬쩍 그녀를 쳐다봤다. 그녀는 우리를 보고 있지 않았다. 벌써 부엌에 들어가 있었다. 등을 돌리고 뭔가 다른 일을 하고 있었는데, 손에 뭔가를 쥐고 움직이는 것 같기도 하고 아니면 또 참외를 깎고 있는 것 같기도 했다. 그러나 곧 가스레인지가 켜지는 소리가 들렸고 나는 그녀가 담배를 입에 물고 가스 불로 불을 붙이는 것을 볼 수 있었다.

"그러자고."

내가 말했다.

저수지에 도착해서 우리는 재규가 미리 자리를 잡아 놓았던 곳에 앉았다. 낚싯대 두 개와 재규가 앉았던 의자가 있었다. 재규는 오자마자 낚싯대부터 들어 올렸다. 빈 낚싯바늘이 올라왔다. 다른 낚싯대를 들어 올리자 역시 빈 바늘이 올라왔다. 물속에서 썩은 나뭇잎 하나가 바늘에 걸려 올라왔다.

재규는 차에서 접이식 낚시 의자 하나를 꺼내 내게 주었다. 나는 재규로부터 다섯 걸음쯤 떨어진 곳에 의자를 펴고 앉았다. 재규의 의자는 낚시용 의자가 아니라 차량용 시트였는데, 팔걸이에 목받침이 있고 마감도 가죽으로 된 게 꽤 그럴싸해 보였다. 거기 앉아서 쉬면 아주 그만일 것 같았다. 재규가 팔걸이에 팔을 올려놨고, 나는 재규의 팔 아래쪽에 자수로 박은 브랜드 로고를 볼 수 있었다. 이런 일이 생기기 전에—그러니까 암에 걸려 직장에서 권고사직이라고 하는 걸 당하기 전에— 그는 차량용 시트 공장에서 일했었는데 가끔씩 월급 대신 그런 걸 받기도 했다. 시트를 줬다고? 멋지군, 나는 말했었다. 내가 다니는 색종이 회사는 빌어먹을 곳이지만 적어도 나한테 월급 대신 색종이를 주지는 않는다고도 말했었다. 하지만 앞일은 모르는 것이다. 월급 대신 받은 시트가 결국 쓸 데가 있다는 걸 알게 됐으니까. 내가 계속 시트를 쳐다보고 있자 재규는 나를 슬쩍 곁눈질하더니 목청을 가다듬었다.

"음…… 네가 여기 앉을래?"

재규가 말했다.

"아냐, 너 앉아."

내가 말했다.

"이거 그랜저에 들어가는 시트야."

"그러니까 너 앉으라고."

재규는 고개를 한 번 끄덕하고는 자기가 미리 반죽해 놓은 떡밥 한 덩이를 내게 보여 줬다. 닭 모이처럼 생긴 누런 떡밥이 그의 손 위에서 흔들거렸다.

"이걸 조금씩 떼서 바늘에 달고 던지면 되는 거야."

그러면서 재규는 시범을 보였다. 나는 재규가 갈고리가

세 개 달린 3단 바늘에 떡밥을 끼우고, 뒤에서부터 도움닫기를 한 다음 온몸을 던지듯이 물속을 향해 낚싯줄을 던지는 모습을 지켜봤다. 그의 티셔츠가 펄럭이면서 몸에 찰싹 달라붙었다. 바늘이 물속에 빠지기도 전에 내 입은 이미 반쯤 벌어져 있었다. 저걸 던지다가 재규가 낚싯대와 함께 물속으로 들어간다고 해도 믿을 수 있을 것 같았다.

"이런 건 다 어디서 배웠어?"

내가 말했다. 재규는 하루 종일 텔레비전을 보고 있다 보면 그냥 알게 되는 거라고 말했다. 나도 낚시 프로그램 같은 데에서 그런 걸 본 적이 있었다. 그러니까 강태공이라는 사람이 나와서 떡밥이 달린 낚싯줄을 바다를 향해 힘차게 던지는 모습을 말이다. 재규가 낚싯줄을 던지는 모습은 텔레비전에 나온 사람과는 많이 다르긴 했지만, 나는 그런 장면이 있었다는 걸 기억해 낼 수 있었다. 낚싯바늘이 퐁당 소리를 내고 물속으로 사라진 뒤, 잠시 후에 형광색 무지개 찌가 물 위로 떠올랐다.

"낚싯대는 저 앞 매점에서 만 원 주고 산 거야. 찌는 이천 원. 하지만 무슨 상관이야? 어차피 물고기가 뭘 알겠냐고."

재규는 낚싯대를 가리키며 말했다. 낚싯대로 말하자면, 재규가 말하지 않아도 알 수 있었다. 그냥 구색만 갖췄다는 티가 확 나는 그런 거였다. 하지만 재규의 말처럼 아무 상관없는 일이었다. 물고기가 뭘 알겠나? 먹을 게 보이면 그저 물 뿐.

우리 뒤쪽으로는 큰 나무들이 있었다. 고개를 들면 우리가 있는 쪽까지 길게 뻗은 나뭇가지들을 볼 수 있었다. 재규는 그게 상수리나무라고 했다. 나는 나무를 올려다보며 고개를 끄덕였다. 갑자기 나뭇가지가 흔들리길래 봤더니 청설모가 거기 앉아서 도토리같이 생긴 걸 뜯어먹고 있었다. 그놈은 그걸 양손으로 받치고 조심스럽게 뜯어먹다가 내가 물끄러미 바라보자 문득 멈추고는 나를 쳐다보았다. 그리고 내가 별다른 행동이 없자 다시 먹기 시작했다.

나는 앉은 채로 주변을 휘 둘러봤다. 저수지 한 가운데에 낡은 배를 띄워 놓고 낚시를 하는 사람이 하나 있었고, 저수지 건너편에 자리를 잡은 사람이 또 하나, 그리고 가끔씩 적당한 자리를 찾으려고 고개를 둘러보며 지나가는 사람들이 있었다. 그들은 지나갈 때마다 재규의 시트를 힐끔힐끔 쳐다보았다. 그 사람들 말고는 아무도 없었다. 아주 조용했다. 우리는 말 없이 앉아 저수지를, 움직이지 않는 찌를 바라봤다. 간간이 바람이 불어와 잔물결이 일었다.

"빵 먹을래?"

내가 오면서 가져온 빵과 우유를 내밀며 말했다.

"크림빵이야."

재규는 고개를 저었다.

"피똥을 쌀 거야."

재규가 말했고, 나는 그게 무슨 말인지 잠시 생각했다.

"몸은 좀 어때?"

내가 물었다.

재규는 입고 있던 티셔츠를 들어 올렸다. 옆구리에 짧은 줄이 하나, 옆구리에서 배꼽까지 이어진 긴 줄이 또 하나 있었다. 재규가 손가락으로 짧은 줄을 가리키며 말했다.

"여기가 맹장이 있던 자리야, 지금은 없지만."

그런 다음 재규는 또 손가락의 위치를 바꿔 가리키며 말했다.

"여기가 소장이 있던 자리야. 여기는 직장이 있던 자리. 여기는……"

그런 식으로 한동안 이어졌다. 나는 그냥 듣고만 있었다. 다 말하고 나서 그는 덧붙였다.

"지금은 없지만."

그리고 그는 내 얼굴을 살펴보더니 잠깐 멈췄고, 조금 있다가 다시 말했다.

"괜찮아. 밤에 호스를 옆에 두고 자야 하니까 좀 불편해서 그렇지. 그것만 빼면 괜찮다고."

나는 고개를 끄덕였다. 우리는 다시 찌를, 물 위에 뜬 무지개를 바라봤다. 나는 크림빵을 베어 물었다. 옆으로 크림이 터져 나왔다.

얼마 후에 비가 조금 내리기 시작했고, 우리는 매점에서 머리까지 씌우는 푸른색 비닐 옷을 사다가 걸쳐 입었다. 그리고 다시 앉아서 수면 위로 동심원이 생기는 모습을 바라보았다. 동심원이 생기다가 바로 옆에 비가 떨어지면 다른 동심원이 생겼다. 그런 식으로 또 다른 동심원이 계속해서 생겼다. 가끔씩 물고기 한두 마리가 물 위로 뛰어올랐다가 사라졌다. 조용했고, 빗방울이 비옷 위로 떨어지면서 내는 후두둑 소리만 들릴 뿐이었다. 기분이 묘했다. 옷 안에서 후두둑 울리는 소리가 좋았다. 나는 입으로 음— 소리를 내 보았다. 그 소리도 안에서 울렸다. 그것도 좋았다.

　　"여자가 하나 있었어."

　　재규가 말했다.

　　"뭐?"

　　나는 귀를 덮고 있던 비닐을 뒤로 넘겼다.

　　"병원에 가기 전에 말이야. 어떤 여자 하나랑 알고 지냈는데, 나도 왜 그랬는지 모르겠어. 그냥 잠깐이었는데."

　　그리고 나서 재규는 갑자기 고개를 절레절레 흔들더니 입을 다물었다. 나는 의아하게 그를 쳐다봤다. 그는 낚시찌나 저수지 한가운데에 있는 배 같은 걸 보는 것 같았다. 나는 재규에게 얼굴을 가까이 하고 다음 말을 기다렸다.

　　"그런 거 알아? 나도 내가 왜 그러는지 모르겠는데 그렇게 되는 거 말이야…… 음……, 내 말 무슨 말인지 알겠어?"

나는 알 것 같다고 말했다. 내 여자 친구도 바람을 피운 적이 있었다. 나도 여자 친구에게 그런 적이 있었다. 서로 동시에 그런 적은 없지만 한 번씩은 주고받았다. 그럴 수도 있는 일이라고, 나는 말했다. 하지만 재규는 결혼한 남자였다. 접시를 깨고 서로 머리를 붙잡고 바닥에 몇 번 뒹굴면 끝나는 일이 아니었다. 나는 결혼은 안 해 봤지만 어쨌든 일이 그런 식으로 돌아갈 것 같지 않았다. 세상에는 그런 식으로 돌아가는 일도 있지만, 그렇지 않은 일도 있으니까.

"그래서 어떻게 됐는데?"

어느 날 일을 마치고 집으로 돌아왔을 때, 재규는 말없이 서서 그를 노려보는 아내를 보았다. 아기는 소파 위에 누워 잠들어 있었다. 아기는 이제 6개월 정도였다. 재규는 잠든 아기를 잠깐 보다가 다시 아내에게 시선을 돌렸다. 불현듯 그는 자신에게 무슨 일이 일어났다는 것을 알았다. 그것도 아주 심각한 일이. 그러나 그는 용서나 다툼, 화해, 뭐 그런 절차를 거치기도 전에 이번에는 급성 맹장이 찾아온 것을 알았다. 이어서 그게 맹장이 아니라 암이라는 것도 알았다. 의사가 무슨 말인가를 했는데 그는 잘 들리지 않았다. 텔레비전 화면조정 시간에 나오는 삐— 하는 소리만 계속 들릴 뿐이었다. 그는 창문 커튼 사이로 비쳐 들어오는 햇살이 굴절되면서 이상한 도형을 만들고 있는 것을 봤다. 그 도형이 자기 쪽으로 다가오는 것도 봤다.

의사의 말이 끝나고 고개를 돌렸을 때, 그의 아내는 몇 발자국 떨어진 곳에 서 있었다. 아내는 미동도 없었다. 그는 아내를 바라봤지만 그때 아내가 어떤 얼굴을 하고 있었는지 도무지 기억나지 않았다.

"아니면 기억하기 싫거나……"

그렇게 말하고 재규는 하하하, 하고 웃었다. 그러자마자 그는 기침을 심하게 했다. 경기를 일으킬 것처럼 쿨럭쿨럭거렸다. 내가 놀라서 다가가려 하자 그는 손을 들어 나를 막았다. 나는 쫙 퍼진 재규의 손바닥이 허공에서 멈춘 채 움직이지 않는 것을 보았다. 그리고 그가 차량용 시트에 앉아 스스로를 진정시키는 모습을, 뭔가가 가라앉길 기다리는 모습을 지켜봤다. 다시 물고기가 퐁당 뛰어올랐다가 사라졌다. 이번에는 우리 둘 다 그 순간을 보지 않았다. 하지만 우리 둘 다 그게 무슨 소리인지 알 수 있었다.

비가 계속해서 내렸다. 많이는 아니지만 보슬비가 계속 내렸다. 오줌을 싸고 싶었다. 나는 나무들 뒤편에 있는 수풀 속으로 들어갔다. 거기엔 갈대처럼 생긴 긴 풀들이 있었고 그게 나를 가려 주었다. 어차피 사람들도 별로 없었지만 거기에 들어가 있으니 뭔가 안심이 됐다. 밖에서 보면 내 머리만 보일 것이었다. 동그란 머리 하나가 기다란 풀들 위에 둥둥 떠 있는 모습. 나는 머리만 내놓고 수풀 안에서 바깥을 내다봤다. 배 위에서 낚싯대를 잡고 있는 사람과 건너편에 앉아 있는 사람이 보였다. 건너편에 앉은 사람은 이 정도 비는 아무것도 아니라는 듯이 캡모자를 쓴 채 비를 맞고 있었다. 가끔씩 그는 '지금이다!' 하는 것처럼 낚싯대를 손에 쥐었다. 다음 순간 그는 별 일 아니었다는 듯이 다시 손을 풀었다.

하늘에는 작고 어두운 구름들이 떠 있었다. 저수지 수면 위로 그 구름들이 흘러갔다. 가까이 있는 구름들은 어두운 색인 것 같은데 멀리 있는 구름들은 또 그렇지도 않아서 마치 하늘이 몇 개 구역으로 나뉘어 있는 것 같았다. 사방이 고요했다. 갑자기 세상이 달라 보이는 느낌이었다. 나는 저수지에서 들려오는 소리에 귀를 기울였다. 거기서 무슨 소리라도 들려올 것처럼.

재규가 의자에 앉아 있는 모습이 보였다. 머리까지 올라오는 시트 때문에 나는 모자를 쓴 재규의 윗머리와 삐져나온 다리만 볼 수 있었다. 해골의 머리 위에 모자 하나를 덮어 놓으면 딱 그런 모습일 것 같았다. 얼마 전에 저 몸은 수술대 위에 있었다. 마스크를 쓰고 비닐장갑을 낀 사람들이 그 앞에 서 있었을 것이다. 예리한 메스를 들고 자기들끼리 수군거리는 사람들. 그들은 그 안에 뭐가 있는지 들여다보고 다시 알아들을 수 없는 말로 수군거린다.

나는 어떤 사람을 떠올렸다. 밤에 화장실에 갈 때마다 호스가 달린 비닐봉투를 끼고 가야 하는 사람. 안에서는 자꾸 뭔가가 나오려 하는데, 그걸 막고 싶은 사람, 그걸 막지 않으면 안 되는 사람을. 그는 화장실까지 간신히 기어가서 변기에 손을 짚은 다음 심호흡을 한다. 그는 뭔가를 해 보려고 한다. 자기가 할 수 있는 일을 해 보려고 한다. 그러나 뭘 해 보기도 전에 그 일이 일어나고, 그는 어찌해 볼 도리가 없다. 그는 휴지걸이를 잡아 보고, 바닥도 짚어 본다. 그러다가 변기 물속에 비친 자기 얼굴을 발견하고는 한참 동안 바라본다.

이제 재규는 움직이지 않고 그 자리에 가만히 앉아 있었다. 여기서 보고 있자니 재규의 얼굴색이 햇볕에 잘 그을린 갈색처럼 보이기도 하고, 어두운 보라색처럼 보이기도 했다. 그는 시트에 등을 기대고 앉은 채 미동도 없었다. 그 순간 갑자기 머릿속에 무서운 생각이 들었다. 나는 바깥쪽으로 고개를 죽내밀고 손으로 앞에 있는 풀을 한 움큼 움켜쥐었다. 몸이 부르르 떨렸다. 한참 더 보고 있으려니까 재규가 슬쩍 다리를 고쳐 앉았다.

나는 잠시 더 주변을 구경했다. 수풀 옆에는 깊이가 발목 정도쯤 될 법한 물웅덩이가 있었는데 그 안에 투명하고 젤리처럼 생긴 뭔가가 있었다. 길고 투명한 막 안에 포도알처럼 생긴 검은색 점들이 송송송 박혀 있는 모양이었는데, 세포처럼 생겼다고 해야 할지, 투명한 순대처럼 생겼다고 해야 할지, 그런 이상한 모양을 하고 있었다. 그게 초등학교 실습 시간 때 배웠던 개구리 알이라는 생각은 나중에 떠올랐다. 도무지 그런 데서 네발로 뛰어다니는 생물이 나올 수 있을 거라는 생각은 떠오르질 않았다.

그건 물속에 고요히 잠겨 있었다. 나는 허리를 숙이고 이놈들은 뭔가, 하고 들여다봤다. 가만히 보고 있으려니까 투명한 막들과 그 안에 들어 있는 검정 알갱이들이 더 이상하게 보였다. 발로 한 번 툭 건드려 봤다. 물이 넘실거리면서 막들이 살살 흔들렸다. 잠시 후 흔들리는 게 잦아들고 나서 좀 더 세게 차 보았다. 그러자 그것들 전체가 한 몸처럼 마구 흔들렸다. 한 번 더 차면 어떻게 될까? 나는 막들이 찢어지고 검정 알갱이들이 으깨지는 모양을 상상했다. 그러나 나는 그러지 않았다. 그러지 않고, 잠시 더 지켜보다가 그냥 뒤돌아 원래 있던 자리로 돌아왔다. 오면서 슬쩍 돌아봤더니 그놈들은 천천히 제자리를 찾아가고 있었다.

내가 돌아왔을 때 재규는 누군가와 통화를 하고 있었다. 그는 뭔가 짧게 말을 뱉은 다음, 한참 듣고 있다가 다시 짧게 말했다. 나는 의자에 앉아서 비가 물 위에 부딪히며 내는 소리와 간간이 재규가 전화기에 대고 말하는 소리를 들었다. 나는 그게 재규의 아내라는 것을 알 수 있었다. 그러나 그 소리는 너무 작았다. 하나도 알아들을 수 없었다. 물속에서 말하는 것처럼 웅얼거리는 소리로 들릴 뿐이었다. 어느 순간부터 그는 말하지 않았다. 전화기를 귀에 대고 있기만 하고 아무 말도 없었다. 그동안 그의 시선은 내내 저수지를 향해 있었다. 뭔가 다른 생각을 하고 있는 것처럼, 저수지 안에 뭐라도 있는 것처럼.

　　나는 빗방울이 근처에 떨어질 때마다 살살살 흔들거리는 무지개색 찌를 봤다. 찌 끝으로 구름이 걸려 있었다. 갑자기 여자 친구가 생각났다. 그녀가 했던 이상한 말들이. 그건 지금 여자 친구도 아니고 훨씬 더 예전 여자 친구였는데 갑자기 왜 그게 생각이 났는지 알 수 없는 노릇이었다. 불에 타고 있던 집 기억해? 언젠가 우리가 차를 타고 교외로 나갔을 때 말이야. 해가 저물고 있었고, 우린 그걸 잡겠다고 쫓아갔었어. 창밖으로 손을 뻗으면 노을이 닿을 것처럼 보였지. 우린 그때 멀리서 연기가 피어오르는 걸 봤어. 난 집이 불타고 있다고 했고, 당신은 그게 아니라 풀밭을 태우는 거라고 했지. 하지만 그건 집이었어. 그녀는 내게 그렇게 말했었다. 상황이 달라졌어. 사정이 예전 같지 않단 말이야. 집이 불탈 때 어떻게 해야 하는지 알아? 어떻게 해야 되는지 아냐고? 중요한 것만 챙겨서 나와야 해. 아니면 다 죽는 거야. 이렇게도 말했었다. 갑자기 그게 무슨 말이야? 나는 이렇게 말했다. 하지만 그 말을 하는 순간에, 나는 그게 무슨 말인지도, 그녀가 거기서 멈추지 않을 거라는 것도 알 수 있었다. 그래도 나는 그렇게 말하는 수밖에 없었다. 그것 말고는 방법이 없었다.

전화를 끊고 나서 재규는 너무 늦기 전에 가 봐야 할 것 같다고, 아내와 할 얘기가 있다고 말했다. 그 말을 한 뒤에 재규는 조용해졌다. 그는 시트를 뒤로 기울였다. 나는 재규의 몸이 시트를 따라 기울어지는 걸 볼 수 있었다. 그는 셔츠의 단추를 채우고 모자를 벗어 가슴 위에 올려놨다. 그리고 추워서 몸을 감싸 안기라도 하는 것처럼 두 손으로 모자를 꼭 끌어안았다. 나는 골똘히 그 모습을 바라봤다. 재규의 바지가 올라가면서 뼈만 남은 발목이 보였다.

"음…… 있잖아. 누에가 그렇게 몸에 좋다는군. 누에를 먹고 병이 싹 나았다는 사람도 있던데. 누에 알아? 그 애벌레같이 생긴 거 말이야."

재규는 대답하지 않았다. 무슨 생각에 잠겨 있는 듯한 얼굴로 어딘가 다른 곳을 응시하고 있었다. 내 말을 들은 건지 못 들은 건지 알 수가 없었다. 가벼운 바람이 불어와 우리 둘 다 머리가 살짝 흩날렸다. 그는 한쪽 손을 허벅지에 올려놨다. 그리고 때때로 손을 들었다 놨다 하면서 허벅지를 톡톡 두드렸다. 나는 그의 시선이 향하는 곳으로 눈을 돌렸다. 저 멀리 산이나 나무, 지평선 끝에 걸쳐 있는 구름, 그런 게 눈에 들어왔다.

하늘에 비행기 한 대가 날아갔다. 비행기가 지나간 자리에 얇고 긴 구름이 생기는 중이었다. 비행기는 옆으로 몸을 기울인 채 낮게 날아갔다. 그래서 나는 비행기의 옆 부분과 배 부분을 동시에 볼 수 있었다. 밤도 아닌데 배 부분에서 불이 깜빡깜빡 빛나는 게 마치 비상등을 켜고 날아가는 것처럼 보였다. 나는 손을 들어 비행기를 가리켰다. 우리는 비행기가 날아가는 모습을 올려다봤다. 비행기 소리가 바람을 타고 은은하게 들려왔다.

그때 저수지 한 가운데 배 위에 앉아 있던 사람이 일어섰다. 그는 오랫동안 앉아 있다가 일어난 탓에 현기증이 난 사람처럼 몸을 휘청거렸다. 그는 앞에 있던 세 낚싯대 중에서 가운데 것을 들어 올렸다. 낚싯대가 아치 모양으로 휘어지고 낚싯줄이 팽팽하게 당겨졌다. 잠시 후 물고기 한 마리가 올라왔다. 물고기가 무슨 종일지 궁금했다. 하지만 멀리 있어서 알 수 없었다. 어쩌면 가까이에서 본다 해도 알 수 없을지도 몰랐다.

"저놈만 아니었어도."

갑자기 재규가 중얼거렸다.

"저놈만 아니었어도 물고기가 이쪽으로 왔을 거야."

우리는 배에 타고 있는 사람과 멀리 떨어져 있었다. 그런데도 그는 그렇게 말했다. 배 위에 있는 사람이 물고기를 들어 자기 얼굴 앞에 가져가는 것이 보였다. 재규는 우리도 배를 타고 저쪽에 자리를 잡았어야 했다고 말했다. 그러나 우리 둘 다 그게 문제가 아니라는 걸 알고 있었다. 그런 건 문제도 아니었다.

약간 추워졌다. 나는 차 안에서 따뜻한 보리차가 든 보온병을 꺼내 왔다. 보온병 뚜껑에 물 한 컵을 따라서 재규에게 주고 나도 한 입 마셨다. 낚싯대를 꺼내자 떡밥이 콩알만 해져 있었다. 나는 낚싯대를 바닥에 내려놓고 남은 떡밥을 떼어 동그란 모양이 되도록 주물렀다.

재규는 아직 물이 든 뚜껑을 손에 들고 앉아 있었다. 마시지 않고 그냥 들고 있었다. 뚜껑에서 김이 올라왔다. 재규는 한 손에 병뚜껑을 쥐고 다른 한 손에는 낚싯줄을 든 채로 바늘을 들여다봤다. 허공에서 바늘이 빙그르르 돌아갔다. 한쪽 방향으로 다 돌고 나면 다시 반대 방향으로 돌아갔다. 나는 떡밥을 붙인 뒤 바닥에 내려놓고 재규의 바늘에도 떡밥을 붙여줬다. 그리고 물을 한 번 더 마셨는데, 그때에도 재규는 떡밥이 달린 바늘을 들여다보고 있었다. 갑자기 뭔가 생각났다는 듯이 재규가 다리를 꼬고 앉았다.

"넌 이제 뭘 하려고?"

재규가 물었다.

"나? 음…… 글쎄, 잘 모르겠어. 넌?"

그는 물을 한 모금 홀짝이다가 물맛이 이상하기라도 한

듯이 얼굴을 확 찌푸리고 고개를 흔들었다.

"개구리 알을 키워 볼까 해."

내가 말했다.

"개구리 알?"

그가 물었다. 나는 고개를 끄덕였다.

"개구리 알이라고?"

그가 다시 물었다.

"진짜 개구리가 나오나 한번 보게."

내가 말했다.

재규는 낚싯대를 의자 옆에 내려놨다. 그는 더 이상 묻지 않았다. 그는 이제 시트를 끝까지 기울여 누웠다. 밀짚모자가 목받침에 걸려 내려오면서 재규의 눈가를 덮었다. 그렇지만 재규는 그냥 내버려 뒀다. 나는 다시 낚싯줄을 던질 준비를 했다. 이번에는 좀 더 멀리, 저수지 중심까지 던지고 싶었다.

"개구리 알이라니, 멋지군."

잠시 후에 그가 모자 속에서 그렇게 말했다.

나는 낚싯대를 들고 뒤로 물러나 도움닫기를 할 준비를 했다. 그리고 뒤에서부터 달려와 있는 힘껏 던졌다. 그 순간 뒤에서 낚싯줄이 걸리면서 켁— 소리가 났다. 나는 소리가 난 쪽을 쳐다봤다. 재규도 깜짝 놀라 일어났다.

"뭐야 저거?"

내가 말했다. 우리는 서로의 얼굴을 바라보았다. 낚싯줄
이 나뭇가지에 걸려 절반은 우리 쪽에 절반은 상수리나무 쪽에
걸쳐 있었다. 낚싯바늘 끝에는 뭔가가 매달려 공중에서 허우
적대고 있었다.

"보여? 저기 뭐가 있어."

나는 손가락으로 가리켰다. 재규가 숨을 죽이고 유심히
쳐다봤다.

"움직이는데? 저게 뭐지?"

"저거……, 청설모 아냐?"

"……정말이네. 왜 저놈이 저기 있는 거지?"

내가 말했다. 재규는 청설모가 있는 쪽으로 살금살금 다
가갔다. 나는 낚싯대를 비스듬히 기울여 의자 옆에 기대어 놓
았다. 그동안 청설모는 허공에서 대롱거리고 있었다. 우리가
다가오는 모습을 보자 녀석의 눈이 쉴 새 없이 굴러다녔다. 재
규가 말했다.

"이 자식, 떡밥을 먹고 있었던 거야."

그 말을 듣고 보니 청설모의 발 한쪽이 낚싯바늘에 들려
있었다. 어쩌다 그렇게 됐는지 딱 한쪽 발만 바늘에 걸려 한 발
을 높이 치켜들고 있었다. 바늘이 돌아가면서 청설모도 빙글
빙글 돌았다. 그래서 그 모양이 꼭 자기 좀 봐 달라고 손을 든
것 같은 모습이었다. 뭐만 물었다 하면 자기가 대답하고 싶어

죽겠는 녀석처럼, '나 알아, 나 그거 안다고!' 하는 녀석처럼.
녀석이 한 바퀴 빙 돌아서 나타날 때마다 우리는 낄낄거리고
웃었다. 저수지에 와서 처음으로 우리는 배꼽이 빠지게 웃었
다. 그러나 잠시 후에는 초조해졌다. 녀석이 계속 빙글빙글 돌
고 있었기 때문에 점점 더 볼썽사나운 모습이 되어 가고 있었
다. 풀어 주든지, 아니면 잡아서 뭐라도 하든지 빨리 조치를 취
해야 할 것 같았다. 우리는 턱을 치켜들고 한동안 녀석이 빙그
르르 도는 모습을 지켜봤다. 그리고 우리는 고개를 돌려 서로
의 얼굴을 쳐다봤다.

"어떻게 하지?"

내가 말했다.

"어떻게 할까?

재규는 내가 한 말을 되풀이했다.

우리는 좀 더 지켜보다가 녀석에게 더 가까이 다가갔다.
재규가 청설모 쪽으로 손을 내밀었다. 이제 곧 해가 떨어질 것
같았다. 나는 이제 시간이 얼마 남지 않았다는 걸 알았다. 나
는 떡밥이 얼마나 남아 있는지 생각했다. 얼마 없었다. 기껏해
야 한 번쯤, 최대한 아껴 쓴다면 두 번 정도 쓸 수 있을 것 같았
다. 그 정도면 충분할 거라고, 나는 생각했다.

크리스마스 택배

* <문장 웹진> 2019년 7월호에 실었던 것을 고쳐 썼다.

나는 박스 하나를 가리켰다.

"여기가 어딘지 알겠어요?"

받는 사람 칸에는 낯선 주소가 적혀 있었다. ××리. 점장 형이 고개를 저었다.

"그런 데가 있어?"

그해 겨울, 우리는 내내 박스들과 씨름하고 있었다. 테이프를 붙이고 화물 분류법에 따라 박스들을 나누고 마지막으로 주소를 한 번 더 확인한 다음 트럭에 실어 나르는 일이었다. 희한한 일이었다. 매일 쉬지 않고 일을 하는데도 산처럼 쌓인 박스들이 줄어들 기미가 없었다. 오히려 점점 더 높이 쌓여 가는 기분이었다. 직원이라고는 나를 포함해서 두 명밖에 없었다.

한 명은 배송 전담인 나였고, 다른 한 명은 말하자면 지점장 겸 경리였는데 그 형도 나처럼 이곳 사람이 아니었다. 물어보진 않았지만 어쨌든 좋아서 여기까지 오진 않았을 거라는 생각이다. 〈말하자면 지점장 겸 경리〉인 그가 하는 일은 평소에는 사무실 근무를 하다가 바쁠 때만 내가 하는 일을 도와주는 것이었다. 이를테면 그해 12월처럼 말이다.

"매봉산 쪽으로 더 들어가면 있나 본데……? 일단 가 보고 못 찾겠으면 연락해."

본인도 모르는데 연락한들 무슨 소용인가, 나는 생각했지만 군말 없이 박스들을 트럭에 싣고 출발했다. 몹시 추웠고, 하늘에서는 새벽부터 내리기 시작한 굵은 눈송이가 떨어지고 있었다. 아직 쌓일 정도는 아니었다. 하지만 곧 그렇게 될 것 같았다. 한번 눈이 오기 시작하면 엄청나게 오는 곳으로 유명한 지역이었다. 나는 와이퍼를 움직여 차 유리에 들러붙는 눈을 닦아 냈다.

택배도 부익부 빈익빈 상품이다. 뭐랄까, 유통계의 지니계수랄까, 받는 사람은 계속 받지만 그 반대인 사람들에게는 아프리카에 사는 북극곰 같은 것이다. 평생 볼일이 없다는 거다. 말하자면 그 택배는 그런 사람의 것이었다. ××리는 택배를 기다리는 흥분을 갖고 사는 사람들이 사는 곳이 아니었다. 내가 한 번도 거길 가 본 적이 없다는 것만 봐도 그랬다.

어림잡아 오십 군데쯤 배달하고 나서 그 집에 도착했다. 택배의 주인은 팔십은 돼 보이는 노파였다. 내가 도착했을 때 그 노인은 혼자서 밥상 앞에 쭈그리고 앉아 밥을 먹고 있었는데, 내가 박스를 내려놓자 잠깐 눈길을 주는 듯하더니 이내 고개를 돌리고는 식사를 계속했다. 내 쪽에서는 그 할머니의 작고 구부정한 등만 보일 뿐이었다. 그것은 기이한 호기심을 불러일으키는 모습이었다. 나는 그 모습을 잠시 바라보고 있었다. 노인은 낯선 이의 출현은 벌써 잊었다는 듯 자기 할 일에 집중하고 있었다. 잠시 후 노인이 갑자기 생각난 것처럼 몸을 휙 돌리더니 나를 바라봤다. 그러고는 택배는 뜯어 볼 생각도 않고 나에게 말했다.

"좀 먹을 테여?"

나는 짐짓 점잖게 사양했다. 그러나 노인은 내 말이 들리지 않는다는 듯 밥을 폈다. 노인이 숟가락을 긁적거리며 밥을 퍼낼 때마다 오래된 냄비 안에서 덜그럭거리는 소리가 났다. 나는 밥상 위에 올라 있는 것들을 슬쩍 쳐다봤다. 된장국과 동치미, 마른 멸치와 고추장 한 숟가락.

잠시만이라도 따뜻한 곳에서 쉬고 싶었던 걸까. 나는 한동안 멈춰 선 채로 그녀의 동작을 물끄러미 바라보았다. 내가 넋 놓고 있는 사이 노파는 기름도 안 바른 마른 돌김을 부—욱 찢더니 밥상 위에 놓고는 밖으로 나가 버렸다. 나는 일 년 내내 바뀔 것 같지 않은 밥상 앞에 혼자 서 있었다. 무슨 생각이었는지 모른다. 그냥 가야 되나…… 그래도 예의상 맛만이라도 봐야 되나…… 아니, 어차피 밥도 못 먹긴 했는데…… 정도의 고민을 잠깐 한 것 같다. 나는 몰래 훔쳐 먹기라도 하는 것처럼 조심조심 숟가락을 들어 밥상 위에 놓인 된장국을 한 번 떠서 먹어 봤다. 생각보다, 괜찮았다.

자연스럽게 밥도 한 숟가락 떠먹었다. 그리고 어쩌다 보니 다른 것도 먹어 봤다. 이것도 생각보다, 괜찮았다.

어느 순간 나는 그릇을 싹 비웠다. 뜨끈해진 방바닥의 온기가 손바닥으로 전해져 왔다. 얼어붙었던 손가락이 스르르 녹는 것 같았다.

이제 좀 살 것 같다고, 뜨끈한 바닥에 등을 붙이며 중얼거렸다. 거기까지가 기억난다.

눈을 떴을 때는 밤이었다. 아주 새까만 밤이었다. 이제 막 어둑어둑해지는 정도가 아니라 완전히 새까만 밤. 허공에는 눈송이가 가득했다. 하나하나가 눈에 보일 정도로 굵은 눈발이었다.

"피곤한개벼?"

노인이 나를 보며 말했고, 나는 얼빠진 얼굴로 어둠과 눈으로 가득한 바깥을 바라봤다. 황급히 점퍼 호주머니를 뒤져 핸드폰을 꺼냈다. 아무런 문자도, 부재중 전화도 없었다. 점장 형의 연락도, 하다못해 아내의 연락도 없었다. 그럴 리가 없는 데…… 나를 찾는 전화가 빗발쳤어야 정상이었다. 그러나 핸 드폰 화면 안에는 아무것도 없었다.

핸드폰을 손에 든 채 수많은 생각이 머릿속을 스쳐 지나 가는데, 전파 신호가 한 칸도 잡히지 않는 것이 보였다. 원래부 터 신호가 잡히지 않는 곳인지 아니면 폭설 때문에 전파가 가 로막힌 것인지 알 수 없었다. 다급하게 점장 형에게 전화를 걸 어 봤더니 서비스 불가능 지역이라는 알림이 떴다. 문자도 보 내 봤지만 발신 중이라는 표시만 계속 떠 있을 뿐이었다. 그러 다 결국에는 메시지를 전송할 수 없다는 알림이 떴다.

"할머니, 여기 핸드폰 안 터집니까?"

내가 소리치자, 노인은 의문이 가득한 얼굴로 멀뚱멀뚱 내 얼굴을 쳐다보기만 했다. 나는 눈 속으로 걸어갔다. 발이 무릎까지 푹푹 빠졌다. 타고 온 트럭을 지나 시내 방향으로 뻗 은 도로 쪽으로 걸어갔다. 그리고 최대한 시내 쪽을 향해 핸드 폰을 치켜들고 신호가 잡히길 기다렸다. 한 칸만 잡히면 문자 를 보낼 생각이었다. 차가운 공기가 녹았던 손가락을 다시 얼 릴 듯 달려들었다. 나는 초조하게 기다렸다. 한 칸만, 제발 딱 한 칸만…… 그러나 아무리 기다려도 신호는 잡히지 않았다.

눈은 점점 더 불어나고 있었다. 집은 어느새 눈 속에 깊이

파묻히고 거세지는 눈보라가 마을 전체의 형상을 알아볼 수 없게끔 만들고 있었다. 온통 눈으로 덮인 트럭은 타이어까지 눈에 잠겨 헛바퀴만 돌았다. 시동을 걸어 보려고 안간힘을 써 봤지만 그럴수록 바퀴는 더 깊은 수렁에 빠져 버렸다. 창밖을 보니 엄청난 눈이 땅을 뒤덮고 있었다.

망했다. 완전히 갇힌 것이다. 짐칸에는 적어도 어제까지는 보냈어야 하는 물건들이 숱하게 쌓여 있었다. 나는 한참 동안 핸드폰 시계를 들여다보았다. 도무지 이 상황이 믿기지 않았다.

"일루 들어와!"

노인이 외쳤다.

나는 고개를 돌려 노인을 쳐다봤다.

"이게 대체 어떻게 된……"

내 말이 끝나기도 전에 노인은 아무 일 없다는 듯 볏짚을 들고 느릿느릿 소 우리를 향해 걸어갔다. 어디선가 칼바람이 날아와 얼굴을 때렸다.

이 지경이 될 때까지 안 깨우고 대체 뭘 했어요, 라는 말이 목구멍까지 올라왔다가 나는 곧 고개를 흔들었다. 이게 저 할머니의 잘못은 아닌 것이다. 하지만 거짓말처럼 불어난 눈더미를 보고 있으니 이 모든 원흉이 저 노인이라는 생각이 치밀어 올랐다.

할머니가 소에게 다가가 소 우리 안에 마른 볏짚을 넣어주었다. 소는 잠시 주춤하는 듯 몇 번 제자리걸음을 하더니 볏짚 위에 자리를 잡고 털썩 주저앉았다. 할머니가 소의 머리를 쓰다듬자 소가 커다란 눈을 끔뻑끔뻑 감았다 떴다. 달력 표지 사진으로 써도 될 것 같은, 그런 풍경이었다. 나는 다시 바깥을 바라봤다. 짙은 어둠과 눈. 정신이 아득해져 왔다.

"그래, 취직 준비는 잘 돼 가고 있지?"

장인어른은 시험에 붙었느냐는 말 대신 꼭 '취직'이라는 말을 썼다. 마치 내가 시험에 붙는 것은 물론이고 취직까지 모두 결정돼 있다는 것처럼. 그 말을 들을 때마다 나는 모골이 송연해지곤 했다. 그럼요, 예예…… 나는 대답했고, 그때마다 아내는 내 어깨를 두드렸다. 그러고 나면 쥐구멍에라도 숨어들 듯 도서관으로 숨어드는 것이었다.

"이제 애도 곧 나오지 않겠나."

"아, 그것도 뭐……"

문득 그런 생각들이 나를, 덮쳐 왔다. 그리고 다시 눈이, 흩날리는 광경이 나를 덮쳐 왔다. 뭐라도 하긴 해야 했다. 어떻게든 눈을 뚫고 갈 방법이 없을까? 눈이 아무리 많이 온대도 삽으로 눈을 퍼내고 바퀴를 체인으로 감아서 페달을 있는 대로 밟으면 눈을 밀어낼 수 있지 않을까? 잘 생각해 보면 뭔가 묘

수가 있을 것 같았다.

　그러나 빠진 바퀴를 빼낸다 해도 그 앞에 눈들이 너무 많고, 또 여길 벗어났다 쳐도 다른 곳의 사정이 어떤지 알 수 없는 노릇이었다. 여기와 비슷하거나 어쩌면…… 더 안 좋을지도 몰랐다. 나는 영화처럼 눈 더미 위에서 꼼짝없이 얼어 죽는, 그리고 며칠 뒤 〈실종됐던 택배기사, 차 안에서 동사체로 발견〉 같은 기사가 나오는 뉴스의 한 장면을 떠올렸다. 몸이 부르르 떨렸다.

　제설차는 어떨까? 이 정도 눈이면 구조대가 급파되지 않았을까 싶었다. 그럼 제설차도 따라오지 않았을까? 어쨌든 다들 출근은 해야 할 테고 학생들도 학교에는 가야 하니까 말이다. 버스가 돌아다니려면 눈을 치워야 하고, 그것도 아침이 되기 전에 눈을 치워야 한다는 걸 다 알고 있을 거라는 생각이 들었다. 그리고 내일 해가 뜨면 눈이 거짓말처럼 녹을 가능성도 있었다.

　라는 생각을 하자마자, 헛웃음이 나왔다. 나는 이곳의 눈이 어떤지 알고 있었다. 눈은 그치지 않을 것이다. 게다가 이정도 눈이 녹으려면 일주일은 족히 걸릴 것이었다. 제설 작업이 시작된다고 하더라도 번화가가 먼저일 것이고, 시내가 두 번째일 것이며, 아파트 단지가 그다음일 것이다. 여기는 나중에야, 그나마 기대할 수 있다고 해도 아주 나중에야 시청의 귀에 들어갈 것이었다. 발이 몹시, 시렸다.

목줄이 풀린 개가 눈밭에 몸을 비벼 댔다. 나는 눈 더미를 걷어찼다. 눈보라가 바람에 휘날리며 빠르게 흩어졌다. 개는 순간 멈칫하고 나를 쳐다보더니 잠시 후 무슨 일이 있었냐는 듯 다시 이리저리 뒤척였다.

그때 주머니 속에서 진동이 느껴졌다. 문자 수신을 알리는 진동이 연속해서 울렸다.

〈아저씨 택배 언제 오나요〉

〈배송일 지난 지 한참인데요〉

〈본사에 신고합니다〉

그런 문자들이 우선 나를 아찔하게 만들었고, 뒤이어 점장 형의 부재중 전화가, 그리고 아내에게서도 문자가 왔다.

나는 곧바로 아내에게 전화를 걸었다.

"왜 전화를 안 받아!"

전화를 받자마자 아내가 화를 냈다.

"나 지금 갇혔어."

"뭐? 지금 어딘데?"

"일단 본사에 연락부터 해. 나는 견인차를 부를 테니까 지금 당장 본사에 연락해서 내가 눈 때문에 움직일 수 없다고 말해."

"지금 어딘데 그래?"

"여기? 여기가 어디냐면…… 아, 아냐, 배터리 없으니까 일단은 전화부터 해."

나는 전화를 끊고 24시간 출동 서비스에 연결했다. 자동 응답기 같은 명랑한 여자의 목소리가 들렸다.

여자는 내가 불러 준 주소를 되뇌었다. 수화기 저편에서 키보드 두드리는 소리가 들려왔다. 그 소리가 한참 동안 이어졌다. 눈송이가 사각거리는 소리를 내며 내 귓등을 때렸다. 이윽고 여자가 대답했다.

"고객님, 지금은 모든 차량이 출장 중입니다. 조금 기다려 주시겠어요?"

"얼마나요?"

"정확한 시간은 알 수 없고요. 현장 상황에 따라 달라질 것 같습니다."

"전 지금 너무 급합니다."

"빠른 시간 내로 찾아갈 수 있도록 하겠습니다."

"시간을 알려 주세요."

"정확한 시간은 안내가 어렵습니다. 기다리시면 현장 기사님이 연락드릴 겁니다."

"그러니까 대충이라도 얼마나……"

아내로부터 본사 업무 시간이 끝나서 전화를 받지 않는다는 문자가 왔다. 아차 싶었다. 점장 형에게 전화를 걸어 보았으나 다시 서비스 불가능 지역이라는 알림이 떴다. 잠시 기다려 봤지만 화면은 그 상태에서 진전되지 않았다.

눈 속을 헤엄치다시피 해서 돌아와 툇마루 위에 걸터앉았다. 젖은 발가락이 아파 왔다.

오늘 갔어야 할 배송지 목록을 확인했다. 그리고 어제와 엊그제 갔어야 할 목록까지. 배송지가 적힌 A4 용지가 여섯 장, 도합 이백쉰여섯 곳이었다.

할머니가 아궁이에 장작을 넣고 가마솥에 물을 끓이고 있었다. 나는 종이를 손에 든 채 솥에서 모락모락 김이 올라오는 것을 보았다. 그녀는 가마솥에서 뜨거운 물을 바가지로 퍼서 대형 고무통에 붓고 차가운 물도 부어 물 온도를 조절했다.

"할머니, 됐다니까요. 이 상황에 무슨 목욕이에요."

다 큰 어른이, 그것도 생전 처음 보는 집에서 고무통에 들어가 목욕하는 것만큼 제정신 아닌 광경도 없을 것이다. 그러나 그녀는 이런 내 생각은 신경도 쓰지 않는 듯, 내게서 젖은 외투를 벗겨 내고는 방 안으로 가지고 들어갔다.

나는 툇마루에 혼자 남아 눈이나 지켜보는 수밖에 없었다. 아궁이 앞에는 옛날식 대형 고무통이 놓여 있었고 개는 꼬리를 살랑살랑 흔들고 있었다. 소가 조용히 누워 여전히 그 커다란 눈을 끔뻑끔뻑대며 이놈은 대체 뭐지, 가 역력한 눈으로 나를 바라보고 있었다. 할 일이 없어지자 다시 한기가 찾아왔다.

축축하고, 무엇보다 추웠으므로 나는 바지와 양말을 벗어 약한 온기가 도는 솥뚜껑 근처에 올려놓았다. 하얀 김이 천천히 피어오르면서 구수한 냄새를 풍겼다. 잠시 후 나는 언 발을 통 안으로 살짝 담가 보았다. 따뜻한 느낌인지 저릿한 느낌인지 모를 느낌이 다리를 타고 올라왔다. 천천히 몸을 통 속으로 집어넣자 물이 넘쳤다. 넘친 물은 수챗구멍으로 졸졸 빠져나갔다. 말린 고추 하나가 수챗구멍으로 빨려 들어갔다.

점장 형은 직원이 행방불명됐다고 본사에 연락했을까 궁금했다. 아니, 그보다 아내가 뭘 하고 있을지 궁금했다. 〈난 지금 목욕 중이야〉 이런 문자를 보낸다면, 아내는 무슨 말을 할까? 물속에 비친 내 모습을 보고 있자니 아내와 연애하던 시절이 떠올랐다. 그 시절에는 눈이 마냥 좋았다. 하얗게 쌓인 눈 위에서 우리는 아이처럼 뒹굴었고, 눈사람을 만들었고, 서로에게 눈을 던지며 장난을 쳤다. 그리고 사랑했다. 그때는 모든 것이 좋았다. 하지만 지금은 어떤가…… 아내는 지금도 그렇게 생각할까? 얼굴을 물속에 집어넣고 다시는 꺼내지 않았으면 싶었다. 크리스마스라고 기껏 택배나 나르고 있는 놈이 남편이라니. 게다가 이제는 그것마저 위태롭게 된 것이다.

처음에 나는 애를 원하지 않았다. 아직 이르다고, 나는 말하곤 했다. 영원히 안 낳을 거란 얘기는 아니고, 어쨌든 당장은 아니라고. 아내는 팔짱을 끼고 나를 쳐다봤다.

"왜?"

"왜라니."

나에게는 그 이유가 너무나 분명해 보였다. 나는 될지 안 될지도 모르는 공시생이었다. 공시생, 그러니까 수입이랄 게 하나도 없는 사람, 매일 아침 도서관에 가야 하는, 여전히 학생인 사람. 더 이상의 설명은 필요 없었다.

"그러니까 낳아야 되는 거야……"

아내는 낮게 읊조렸고, 나는 등을 돌린 채로 그 소리를 들었다.

"아빠가 뭐라고 할지 생각해 봐."

그 말에는 그만 입을 다물었다. 말하자면, 아이가 우리에게 어떤 기회를 줄지도 모른다, 라는 것이 아내의 요지였다. 나는 그때 대답하지 않았지만, 아내에게서 어떤 슬픔 같은 것을, 절망에 가까운 어떤 것을 보았던 것 같다.

며칠 후 우리는 함께 병원에 갔다.

의사는 아무런 문제가 없다고 했다. 둘 다 정상이라고 했다. 그렇다면 생겨야 정상 아닌가? 정상과 정상이 만났는데 안 생기면 이거 비정상 아닌가?

"이제 나오지? 곧 나오지?"

장인은 물었다. 변변치 않은 놈이 애라도 낳아 줘야지, 라는 말이 뒤따라오는 것 같은 환청이 들렸다. 해 볼 만한 것은 다 해 봤다. 연애 때는 그렇게 조심하던 문제가 지금은 아무리 해 보려고 해도 되질 않는다는 게 미스터리였다. 이제는 무엇이 더 중요한 것이었는지 분간이 가지 않을 정도였다. 무조건, 낳아야만 했다.

그런 생각에 빠져 있을 즈음 문득 이 집의 면모가 눈에 들어왔다. 이 물을 데운 것이 장작을 지핀 아궁이와 가마솥이라는 것도 신통한 일이지만, 내 위에서 눈을 막아 주고 있는 것이 얼핏 봐도 위태로워 보이는 슬레이트 지붕이라든가, 그래서 눈 때문에 무너지지나 않을까 하는 걱정이 들었고, 오래된 나무로 대충 만든 것 같은 대문과 창호지를 발라서 가린 방문, 빗장을 걸어 잠그는 문고리는 마치 전통문화 체험 현장에 온 것처럼 신묘한 느낌이었다.

갑자기 한바탕 울고 싶었다. 이제 그나마 빌붙어 있던 회사에서도 잘릴 처지였다. 어쩌면 내 이름 같은 것은 벌써 지워져 버렸을지도 모를 일이었다. 컹컹, 개가 또 짖었다.

"할머니, 여기 혹시 전화기 없나요? 아니면 핸드폰이라도……"

나는 물었다. 물론 그런 게 있을 리 없었다. 그냥 지푸라기라도 잡아 보고 싶었던 것이다. 방 안에는 가구라고 할 만한 것이 거의 없었고 사면은 벽지도 바르지 않은 흙으로 덮여 있었다. 유일하게 있는 것이라곤 작고 오래된 문갑이었는데 하도 오랜 시간 동안 만지고 닳아서인지 니스 칠을 한 것처럼 표면이 번들거렸다. 그녀는 아무 대꾸 없이 그저 자기가 하는 일에만 집중하고 있었다.

"……어르신?"

내가 말했다.

"뭐…… 하세요?"

할머니는 잠시 나를 살펴보더니 나로서는 뜻을 가늠할 수 없는 표정을 지어 보였다.

그 순간, 불현듯 나는 깨달았다. 그녀의 알 수 없는 표정이랄지, 태도랄지 그런 것들이 어디서 기인하는 것인가를. 그러니까, 할머니는, 들리지 않았던 것이다. 할머니의 귀가 들리지 않는다는 사실을 나는 그제야 깨달았다. 그녀는 세계로부터 어떤 응답을 얻어내기 위해 온 신경을 집중하기라도 하는 것처럼 내 입술이 움직이는 모양을 뚫어져라 들여다보았다.

"아, 할머니, 그…… 음…… 아녜요."

나는 어쩐지 나의 입술이 떨리고, 그것이 소리로 바뀌고, 마침내 어떤 의미를 지니는 음성으로 전환되어 공기를 뚫고 발화되는 모습이 눈앞에 보이는 것처럼 느껴졌다. 무슨 말인가를 하고 싶었다. 그러나 그만두었다. 잠시 후 다시 무슨 말을 하려다가, 역시 그만두었다. 나는 고개를 푹 숙였다.

"오늘 다 못 가."

얼마 후 할머니가 말했다. 나는 고개를 들어 할머니의 얼굴을 살폈다. 군데군데 검버섯이 핀 진한 황갈색 얼굴이 눈에 들어왔다. 그녀는 방바닥을 손으로 몇 번 쳐 보였다.

"오늘 불 다 못 가."

할머니가 다시 말했다.

"불이 다 못 간다고요?"

나는 손으로 방바닥을 이쪽저쪽 만져 보았다. 낮에만 해도 뜨뜻한 기운이 올라오던 바닥이 차차 식어 가고 있었다. 벌써 찬 기운이 전해지는 곳이 더러 있었다.

"나무가 있어야지, 나무가."

할머니가 문을 열고 손가락으로 마당을 가리켰다. 한쪽에 쌓인 장작들이 눈을 맞고 있었다.

나는 장작을 가져다가 아궁이 옆에 쌓아 두고 가장 얇아 보이는 나무에 불을 붙였다. 그러나 장작들은 이미 눈에 젖은 상태였고, 라이터를 대고 한참 동안 불을 붙여 봐도 희미하게 타올랐다가 금세 꺼져 버렸다. 라이터를 최대로 세게 해서 켜 봐도 허사였다.

주변을 둘러보니 태울 만한 것은 전혀 없었다. 하다못해 신문지 한 장도 보이질 않았다. 나는 트럭으로 가 짐칸을 열고 뭔가 태울 만한 것이 있는지 찾아봤다. 평소라면 빈 박스라도 서너 개쯤 있었을 텐데 지금은 밀린 택배 박스들만 가득 실려 있었다. 이걸 태웠다간 정말이지 크게 잘못될 것 같았다. 나는 고개를 절레절레 흔들고 다시 방 안으로 들어왔다. 그러나 할머니가 방 한구석에 작은 몸을 구부정하게 접고 누워 있는 모습을 보자, 그 유난히 주름지고 얇아 보이는 발목을 보자 다시 트럭으로 가 박스를 흔들어 보지 않을 수 없었다. 박스 안에서 들리는 소리에 귀를 기울이며 나는 최대한 덜 중요할 거라고 짐작되는 박스를 골라냈다. 깨지기 쉬운 유리나 젖기 쉬운 책 같은 것이 나오면 난감해질 것이기 때문이었다. 나중에 돌아가면 새 박스에 포장하기로 하고 주소를 따로 적어 놓았다. 뜯은 박스에서는 크리스마스 카드와 털로 짠 장갑, 양말이 한 켤레씩 나왔다. 크리스마스 카드라니. 마지막으로 크리스마스 카드를 써 본 지가 언제인지 기억조차 나지 않았다. 나는 카드를 바라봤다. 〈사랑하는 우리 지호에게〉로 시작하는 문구가 카드 겉면에 쓰여 있었다. 카드 안에는 눈 쌓인 숲속 한가운데에 자리한 목재로 된 이층집이 있었다. 그리고 그 집 창문을 통해 흘러나오는 은은한 노란색 불빛과, 그 옆으로 3단으로 쌓아 올린 눈사람이 그 불빛을 받으며 서 있는 모습 같은 것들이, 응당 크리스마스라면 그래야 할 것 같은 모습으로, 있었다. 나는 잠시 더 지켜보다가 박스를 찢어 불을 붙였다.

불은 좀처럼 붙지 않았다. 결국 박스 세 개를 태우고 나서야 장작에 불이 옮겨 붙었다. 장작들이 아궁이 안에서 무거운 빛을 내며 타올랐다. 이제 할 수 있는 일이라곤 기다리는 일밖에 없었다. 그래서 나는 마당을 돌아다니며 수맥이라도 찾는 사람처럼 휴대폰을 들고 걸어 다녔다. 아주 간혹 신호가 잡혔다가 사라지곤 했다. 우연히 신호가 잡혔을 때 문자 하나가 왔다. 견인 차량이 출발했다는 문자였다. 나는 초조하게 다음 메시지를 기다렸다. 그러나 신호는 나타났다 사라지기를 반복했다.

그때 전화가 걸려왔다.

"여보쇼? 견인 불렀수?"

"네, 맞습니다."

"그렇구만. 헌데 거기 주소가……"

견인기사가 말했고, 나는 다시 한번 주소를 알려 주었다.

"주소는 알지."

"그럼 뭐요?"

"이거 어쩐대요?"

"뭘 어째요?"

나는 신경을 곤두세우고 말했다.

"집이 산 언덕배기에 있다는 말은 없었잖수?"

"그게 어째서요?"

"어째서라니. 눈이 이렇게 쌓였는데 언덕길 올라가다 미끄러지면 당신이 책임질 거요?"

바람에 눈 떼가 구름처럼 몰려와 몸을 덮쳤다. 핸드폰을 쥔 손등에 눈이 녹아내렸다.

"이렇게 눈이 많아서야 올라가기도 전에 차가 빠지지. 우리도 차 없으면 놀아야 된다고."

"그래서 못 온다는 말인가요?"

"일단 내일 아침까지 기다려 보소. 제설차가 먼저 와서 눈을 치우기 전엔 불가능하니까."

"제설차가 온답니까?"

"나도 모르지. 시에서 하는 일인데."

"그럼 난 어떻게 하라고요?"

"그거야, 허허……"

비웃음 같은 헛웃음 소리가 들려왔다. 그 소리가 끝나기도 전에 신호는 끊어졌고, 다시 서비스 불능 메시지가 떴다. 때마침 배터리까지 다 닳아 버리면서 통화는 완전히 끝이 났다. 누가 강원도 산골에 갇힌 택배기사 따위를 기억한단 말인가. 이제 정말, 끝이었다.

나는 비를 상상했다. 갑작스럽게 내리는 긴 빗줄기, 어둠 속에서 눈을 향해 쏟아지는 비. 개가 벌떡 일어나 짖기 시작하고, 소가 눈을 껌뻑거리고, 나는 비 내리는 장막 저편을 지켜본다. 눈이 녹고 있다. 더러운 물을 꾸역꾸역 쏟아 내면서 눈이 녹고 있다. 나는 얼른 차 열쇠를 꺼내 남은 박스들을 주워 담는다.

"할머니, 이제 가 보겠습니다."

나는 집 밖으로 뛰쳐나간다. 박스를 던져 넣고 트럭에 올라타면 얼어붙어 있던 핸들의 차가운 감각이 손 전체에 저릿하게 전해져 온다. 그런데 도대체 어느새 우리를 부수고 달려 나왔는지 소가 차창 밖으로 굵은 힘줄이 솟은 혓바닥을 내밀고 있다. 혓바닥은 점점 더 길어지더니 차 유리창까지 다가와 유리를 핥아 댄다. 차 유리가 끽끽 소리를 내며 종이처럼 찢겨 나간다. 나는 황급히 시동을 켠다. 몇 번인가 그르릉 소리를 내던 엔진에 열이 붙는다.

그러나 다음 순간 차는 꿈쩍도 하지 않는다. 미동도 하지 않는 차를 타고 나는 우두커니 차창 밖을 응시한다. 라이트가 거대한 눈밭을 비추고 있다. 긴 혓바닥이 내 몸을 휘감고 나를 공중에 띄운다. 나는 트럭에서 내려 집으로 돌아간다. 푹푹 꺼지는 발이 나를 물귀신처럼 잡아끈다.

잠시 후 나는 방 안에 누워 있었다. 작은 호롱 안에 켜 놓은 낮은 불이 방안을 밝혔다. 벽에 비친 할머니의 그림자가 느릿느릿 움직이는 것을 나는 멍하니 지켜보고 있었다. 나로서는 할머니가 뭘 하고 있는 건지 도무지 알 수 없었다.

"그런데 할머니."

"응?"

"택배 받으신 거 뭐예요?"

할머니는 무슨 얘기냐는 듯한 표정으로 나를 바라봤다.

"제가 갖다 드린 상자요, 서울에서 온 거."

할머니가 한참 생각한 끝에 말했다.

"몰라."

나는 방 한구석에 있던 박스를 가져와 테이프를 뜯어 냈다.

안에 든 것은 전기밥솥이었다. 요즘 텔레비전 광고에 나오는 최신형 전기밥솥이 이 집에 어울리지 않게 거기 들어 있었다.

"할머니, 이거 밥솥이네요."

박스 안에는 카드도 하나 들어 있었다.

〈할머니 메리 크리스마스〉

어린애가 쓴 듯한 삐뚤빼뚤한 글씨였다.

할머니, 이거 서울에서 할머니한테 온 카드예요. 손자가 카드를 써서 보냈네요. 나는 그렇게 말하려다 그만두었다. 그 말이 그녀에게 어떤 감정적 동요를 불러일으킬지 전혀 짐작할 수 없었기 때문이다. 대신에 나는, "할머니 내일모레면 성탄절이에요. 뭔지 아시죠?"라고 말했다. 그녀는 아무런 말이 없었고, 굽은 등은 좀처럼 돌아설 기미가 없었다. 나에게는 벽에 비친 그녀의 그림자만 보일 뿐이었다.

"밤 먹어."

갑자기 돌아선 그녀가 내 앞으로 깐 생밤을 들이밀었다. 무슨 말을 할 겨를도 없었다. 하얀 생밤 냄새가 코끝을 울렸다. 잠시 후 그녀가 다시 등을 돌렸고 나는 소처럼 우두커니 앉아 생밤을 씹으며 그녀의 앙상한 그림자가 천천히 흔들리는 모습을 지켜보았다. 두 평 남짓한 재래식 온돌방에서 노인과 젊은이 하나가 아무 말 없이 밤을 까먹고 있는 모습이라니. 여름내 모아 둔 곡식을 겨울철에 꺼내 먹는 설치류 가족이 이런 모습일까. 나는 입안에서 생밤의 옅은 단맛이 퍼져 가는 것을 느꼈다.

나는 할머니에게 전기밥솥의 갖가지 버튼이 뜻하는 바를 설명해 보려고 했다. 백미, 현미, 잡곡으로 나뉘는 메뉴 버튼을 가리켰다. 취사 버튼을 두 번 누르면 쾌속 취사로 작동되는 원리가 할머니는 잘 이해가 가지 않는 것 같았다. 어쩐지 불필요하게 많은 버튼이 할머니를 혼란스럽게 하지나 않을까 걱정이 됐다. 나는 다시 한번 천천히 같은 것을 반복해서 알려 주고 할머니가 직접 버튼을 눌러 작동하는 모습을 확인하도록 해 주었다. 삑삑 소리가 나며 불이 들어오는 버튼을 눌러 볼 때마다 할머니의 입가에 미소가 피어났다. 나는 다시 할머니를 바라보았다. 할머니는 여전히 버튼을 눌러 보고 있었다. 밖에서 꾹꾹 눈 쌓이는 소리가 들려오는 것 같았다.

겨울의 색채

1. 발인식

도시는 여기서 멀게만 보인다.

아직 동이 트기 전이고, 간간이 켜진 노란 가로등 불빛을 통해 도시의 희미한 윤곽이 보일 뿐이다. 몹시 춥다. 장갑을 끼고 있어도 손가락이 어는 느낌이다. 새벽부터 눈이 내리기 시작했다. 아직 쌓일 정도는 아니지만 곧 그렇게 될 것이다. 예고 없이 내리기 시작한 눈 때문에 도시는 놀란 듯 보인다. 갑작스럽게 주의를 일깨운 것처럼 군데군데 불이 켜지기 시작한다. 하지만 방법이 없다. 이제 눈은 도시를 덮어 버리고 꼼짝하지 못하게 만들 것이다. 눈이 녹을 때까지, 감금에서 풀려나게 될 때까지 기다리는 수밖에 없다. 순백의 물질이 모든 것을 덮기 시작하면 도시는 희미하게 갖고 있던 윤곽조차 지워질 것이다. 마치 거기에는 원래 아무것도 없었다는 것처럼.

　내 앞으로 차들이 줄지어 지나간다. 검은 영구차와 그 뒤를 따르는 차들의 행렬이 보인다. 검게 코팅된 유리창 때문에 차 안의 얼굴은 잘 보이지 않는다. 때때로 창밖으로 어른거리는 형체를 통해 누군가 그 안에 있다는 것만 알 수 있을 뿐이다. 이 차들은 오늘 새벽 병원에서 출발할 때부터 비상등을 켠 채로 여기까지 왔다. 영구차는 오는 동안 거의 브레이크를 밟지 않고 여기까지 왔을 것이다. 누구나 그 안에 무엇이 들어 있는지 안다. 어떻게 해야 하는지도. 예의를 지키거나, 최소한 자리를 비켜 주어야 한다는 것을. 이 세상에 죽음보다 더 큰 일은 없으니까.

　시신을 담은 관이 옮겨지고 사람들이 뒤따른다. 장례식에서 그랬던 것처럼 나는 무리에서 얼마간 떨어져 그들이 화장터로 이동하는 모습을 지켜본다. 나에겐 이 모든 것이 처음이다. 사람들이 관을 옮기는 모습을 보는 것도, 화장터에 온 것도. 서른다섯 살이 될 때까지 내가 경조사에 참여한 적은 손에 꼽을 정도다. 내게는 그런 곳에 갈 만큼 중요한 사람이 없었다. 사람들은 나를 모른다. 나도 그들을 모른다. 양옆에서 부축을 받고 있지만 언제라도 주저앉을 듯이 걸어가는 늙은 여인이 보인다.

그리고 수심에 잠긴 사람들, 공만 한 눈덩이를 손에 쥐고 엄마 옆에서 놀고 있는 두 명의 아이들이 있다. 그들에게 위로의 인사를 건네고, 포옹하고, 눈물을 흘리고 할 자신이 없다. 나는 그런 드라마를 만들어 내는 데 익숙지 않다. 무엇보다 그 안으로 가까이 가서 이 모든 것을 정면으로 마주할 자신이 없다.

여자들은 조용히 운다. 아이들은 순수한 호기심으로 나를 쳐다본다. 턱 끝까지 추켜올린 블랙 롱코트와 빨간 벨벳 모자, 두 손에 낀 검은 장갑. 눈처럼 하얗게 질린 얼굴을 하고 눈 속에 홀로 서 있는 여자. 모자와 어깨 위에 눈이 쌓여 가는데도 미동도 하지 않고 있는 여자. 즉, 이상한 여자. 어느 순간 아이들이 손가락으로 나를 가리키며 엄마를 불러도 전혀 놀랍지 않을 것이다. 마치 눈사람처럼, 지금 벌어지고 있는 일과 아무 관련도 없는 사람인 것처럼. 그들에게 나는 그렇게 보일 것이다. 나는 그 아이들의 부모가 누구인지 잠시 생각한다. 아이들은 아직 걷는 동작이 어색할 정도로 어리고, 지금은 눈이 오는 풍경에 신이 났을 뿐이다.

관의 무게가 얼마나 나갈지 모르겠다. 무거워 보이지만, 그렇지 않을 수도 있겠다는 생각이 든다. 이미 죽어서 쪼그라든 몸은 생각보다 가벼울지도 모른다. 내 생각은 그가 생애 가장 가벼운 몸무게를 지니고 있을 것이라는 쪽으로 기운다. 아니, 생애(生涯)라는 말은 잘못된 말이다. 그는 이미 죽었으니까.

한 남자가 나타나 아이들을 데리고 한쪽으로 사라진다. 이제 관이 불 속으로 들어갈 시간인 것이다. 닫혀 있던 소각로 의 입구가 열리고 한순간 사람들은 정지 버튼을 누른 것처럼 굳어진다. 나는 조금 더 가까이 다가가 무리의 맨 뒤에 선다. 앞사람에게 가려져 내게는 소각로 입구의 절반만 보이는데도 그토록 크고 강한 불을 본 적이 없던 것 같은 생각이 든다. 불 은 순식간에 관을 휘감고 타오르기 시작한다. 그러자 사람들 은 마치 이 순간을 위해 슬픔을 참아 두었던 것처럼 오열한다. 늙은 여인이 주저앉아 기절할 듯이 울음을 터뜨린다. 사람들 은 내버려 둔다. 지금 같은 때에는 차라리 기절하는 것이 나을 지 모른다. 나는 다리에 힘이 풀리는 느낌을 받는다. 이제야 진정으로 지금 일어나고 있는 일이 현실임을 깨닫는다.

사라졌던 남자가 나타나 한 시간 정도 소요될 것이라고 말하고는 왔던 쪽으로 다시 사라진다. 아이들은 어리둥절한 눈으로 어른들을 골똘히 바라본다. 사람들이 조금씩 정신을 차리고 옆 사람들을 돌보기 시작한다. 늙은 여인이 부축을 받 고 일어난다. 그녀의 주름진 얼굴은 눈물로 범벅이 되어 있고, 벌써 저세상에 얼마쯤 발을 디디고 있는 것 같다. 나는 그녀의 얼굴을 알아본다. 아줌마, 괜찮아요. 그런 말을 하고 싶은 충 동을 느낀다. 하지만 그렇게 하지 않는다.

사람들이 등을 돌리기 전에 나는 먼저 등을 돌리고 물러난다. 그리고 걸어간다. 사람들로부터 멀어져 하나의 점으로 축소될 때까지 나는 한 번도 뒤돌아보지 않고 걷는다. 처음부터 여기 없었던 사람처럼. 하늘에서 눈 하나가 내려와 볼 위로 내려앉는다. 나는 지금 내리고 있는 눈이 어떤 모양을 하고 있는지 모른다. 그러나 결이 아주 고운 눈이었으면 한다. 차갑고, 어떤 연민의 감정도 없지만 결이 아주 고운 눈.

사자(死者)는 말이 없다고 한다. 하지만 나는 지금도 그가 나에게 말을 걸고 있는 것이 아닐까 생각한다. 내가 보고 만질 수는 없지만, 어둠 저편에서 어떤 신호를, 간절한 메시지를 보내고 있다고 생각한다. 나는 왜 그가 죽었어야 했는지 모른다. 그를 이해하고 싶다. 생애 내내, 나는 언제나 그를 이해하고픈 충동에 휩싸이곤 했던 것이다.

2. 손

아이의 부모는 고아였다. 아빠와 엄마 둘 다. 그들은 성장한 뒤 사회에서 만났다. 뒤늦은 나이였다. 서로의 출신을 몰랐음에도 그들은 동족으로 알아보는 예민한 후각으로 서로를 알아보았다. 그들은 사랑에 빠졌고 그들의 사정을 잘 아는 사람들의 축하 속에서, 또한 우려 속에서 결혼식을 올렸다. 얼마 후 여자가 임신을 했다. 가진 것이라곤 아무것도 없는 모진 시기였다. 얼어붙을 듯한 추위가 곧 그들에게 닥쳤다.

한 해 뒤에 여자아이가 태어났다. 손가락이 붙은 채로.

뱃속의 태아는 자신의 약점을 보여 주지 않는 능력을 가지고 있었다. 의사가 초음파기를 산모의 배 위에 올려놓고 기다리고 있을 때 태아는 주먹을 쥐었다. 손가락은 감춰졌다. 주먹은 검은 화면의 우주 속에서 하얀 점액질로만 보이고, 의사는 아이가 비밀을 감추고 있다는 사실을 놓쳤다. 그렇게 태아는 충분히 성장할 때까지 자신을 드러내지 않을 수 있었다.

태어난 지 3주 만에 아이는 수술을 받았다. 분리되지 않은 손가락 사이사이를 예리한 메스가 가르고 지나갔다. 수술은 몇 차례 이어졌다. 손가락 마디마다 인대와 뼈가 복잡하게 얽혀 있기 때문이라고, 의사는 말했다. 그들은 없는 돈을 끌어모아 수술비로 썼다. 하지만 끝내 왼손의 네 번째와 다섯 번째 손가락은 붙어 있는 채로 남았다. 뼈부터 시작된 미분화 상태로 인한 합지증. 학교를 나오지 못한 그들이 이해하기에는 어려운 이유였다.

아이의 부모는 가난했고, 끊임없이 일해야 했다. 아이는 자주 홀로 집에 남겨졌다. 부모가 생각한 방법은 텔레비전을 켜 두는 것이었다. 그 안에서 뭔가를 배울 수 있을 거라고. 그들이 일하러 나가고 없는 동안 아이는 텔레비전을 통해 바깥 세계를 처음 만났다. 그 속에는 모든 것이 다 있었다. 아이는 화면 속에 나오는 모든 것을 흡수할 듯이 종일 바깥 세계를 관찰하곤 했다. 그 모든 형형색색의 색과 그림, 그리고 그것이 의미하는 감정들.

그러나 아이는 거기서 그치지 않았다. 아이는 문자의 세계를 원했다. 무엇이든 상관없었다. 읽을 수 있는 것이기만 하다면. 하지만 집안에는 책이라고 할 만한 것은 하나도 없었다. 그들은 신문조차 보지 않았다. 부모는 당황했다. 그들 중 누구도 책과 친밀한 유년을 보내며 살아오지 않았던 것이다. 아이가 학교에 갈 때가 되자 부모는 걱정하기 시작했다. 그러나 별다른 방법이 떠오르지 않았다. 아이는 학교에서 놀림을 받았다. 남자아이들은 아이를 교실 구석으로 몰아세우고는 말했다. 물갈퀴 귀신. 여자아이들은 고무줄놀이에 끼워 주지 않았다. 공기놀이에도, 다른 어떤 놀이에도. 하지만 아이는 울지 않았다. 울지 않고, 친구와 사귀지 않아도 지낼 수 있는 법을 터득하기 시작했다. 그리고 그것은 앞으로 오랫동안 이어질 그녀의 생존법이 될 것이었다.

3. 소녀

드랭과 마티스가 처음으로 공동 전시회를 열었을 때 비평가들은 '레 포브(Les Fauves)', 즉 야수들이라고 불렀다. 물론 그것은 조롱이었다. 색채 사용이 마치 원시인들이 그린 것처럼 야만적이고 노골적이라는 것이다. 후에 그들의 그림이 야수주의라는 이름으로 불리게 됐을 때 사람들은 야수라는 단어의 뜻을 완전히 다르게 받아들였다. 즉, 짓밟을 수 있는 능력이 있다는 뜻으로. 미술관에 그림을 보러 온 사람들에게 둘러싸여 있을 때 나는 그들이 나를 짓밟으러 온 야수들일지도 모른다는 느낌을 받는다. 그들은 내 손을 의문 섞인 눈으로 바라보고, 고개를 흔든다. 아니다. 어쩌면 그들은 그냥 시선을 옮기고 있는 것인지도 모른다. 그러나 나는 그런 눈빛이 어디선가 나를 쏘아보고 있는 것처럼 느낀다. 행사용 백장갑을 항상 끼고 있어도 그런 느낌은 사라지는 법이 없다.

"화가들은 때때로 자신의 그림 앞에서 공포를 느낍니다. 무아지경 상태에서 그림을 그리다 보면 어느 순간 그림이 자신이 다룰 수 없는 영역에 와 있다는 생각이 드는 시점이 옵니다. 그럴 때 그들은 그림이 자신을 압도한다고 느낍니다. 관객도 마찬가지입니다. 자기 몸보다도 큰 노랑과 빨강, 파랑, 원색으로 둘러싸인 곳에 오래 서 있다 보면 정말로 그런 느낌을 받게

됩니다. 환원 불가능한 어떤 지점, 어떤 경험에 다다랐다고 느끼는 그 순간에 말이죠."

거기까지 말하고 나는 학생들을 둘러본다. 학생들은 반쯤은 지루한 표정으로, 반쯤은 어쨌든 교실 밖으로 나왔다는 흥분으로 들떠 있다. 미술관으로 견학을 오는 학생들은 큐레이터를 뭐라고 생각할까? 흥미로운 볼거리, 지루한 그림을 견디게 해 주는 소품? 나는 그림을 보러 오는 사람들에게 작품을 설명한다. 그 그림이 누구의 것이고 무엇을 그리고 있는지를. 그러나 나는 항상 선과 색채의 문제가 이해로써 가능한 것인가 하는 의문을 가져 왔다.

나는 학생들을 이끌고 다음 작품이 있는 방으로 향한다. 다음 방에는 세 벽면 전체를 오로지 색채만으로 된 그림이 둘러싸고 있다. 3미터가 넘는 거대한 캔버스 앞에서 그들은 잠시 엄숙해진다. 팻말에는 이렇게 쓰여 있다. 마크 로스코, 무제 (빨강 위에 파랑, 노랑, 녹색), 1954년.

마크 로스코는 자신의 그림과 관람자 사이에 어떤 것도 있어서는 안 된다고 말했다. 경계가 모호한 상태로 노랑과 빨강, 검정이 뒤섞인 그림을 보고 사람들은 왜 이 색들을 이렇게 크게 그려야 하는가를 물었다. 매개 없는 완전한 경험을 위한 것이라고, 그는 말했다. 자신보다 큰 그림 앞에서라야만 그것이 가능하다고. 그리고 그러한 경험을 설명하려고 했다. 해부

학을 공부하던 그가 처음으로 어떤 그림을 마주하고, 그 색채가 자신에게 그림을 그려야 한다고 말하던 그 결정적인 경험을. 하지만 나는 고개를 가로젓게 된다. 그런 일이 어떻게 가능한가? 음악의 경험을 말로 설명해 줄 수 없듯이 색채의 경험 역시 말로 설명될 수 없다. 그런 시도는 흉내 내기에 지나지 않는다. 우리가 할 수 있는 일은 거기에 뭔가가 있었다고 짐작하는 것뿐이다. 마찬가지로 기억 역시 설명될 수 없다. 내게는 기억이 선과 색의 형태로 다가온다. 구역 사이를 가로지르고 나누는 직선과 그것들을 감싸 안는 곡선, 그리고 그것을 채우는 색의 형태.

문득 어떤 시선을 느꼈다. 학생들 틈에서 한 여자아이가 나를 바라보고 있었다. 처음에는 학생들 중 한 명이라고 생각했다. 그러나 그녀는 그들 중 누구와도 말을 섞지 않았다. 두런거리는 아이들 속에서 그녀는 허공에 떠 있는 섬처럼 혼자였다. 그녀는 미술관의 다른 그림들이 나를 바라볼 때처럼, 마치 자신이 전시된 그림 중의 일부인 것처럼 거기에 있었다.

내 방 창문에서는 일곱 또는 여덟 그루의 가로수가 보인다. 어쩌면 아홉일 수도 있다. 그 옆으로도 더 이어져 있을 테지만 창문의 경계는 나에게 딱 그 정도만 보이도록 허락해 준다. 나는 이 나무들의 숫자에 집착한다. 테두리 안에서 가능한

나무들의 수. 그러나 숫자를 외워 두기 위해 창밖을 바라보는 순간 언제나 처음의 목적을 잊어 버리고 나무를 바라볼 뿐이다. 바람에 흔들리는 나무들, 가로등 빛에 생겨난 나무의 그림자, 가지들, 그 그림자가 흔들리는 모습들.

　헤어진 연인의 얼굴은 시간이 지날수록 개별 기관부터 기억할 수 없게 된다는 내용의 기사를 읽은 적이 있다. 아마 미용실에서였을 것이다. 순서를 기다리다가 아무렇게나 주워들었던 잡지에서 나는 그런 내용의 기사를 읽고 있었다. 때로는 그런 게 도움이 된다. 쓸모없는 것들로 나를 채우는 게. 뭔가를 채우면서 다른 것들이 들어올 수 없도록 해 준다. 우선은 눈이나 코, 입술 같은 것들이 하나씩 지워진다. 다음으로 눈썹의 모양, 피부의 톤 같은 것들이 지워진다. 그리고 마침내는 어떤 것 하나도 온전히 떠올릴 수 없게 된다. 웃는 모습처럼 특정한 인상이나 얼굴의 전체적인 분위기는 기억이 보존할 수 있지만 사소한 부위의 정확한 생김새, 이를테면 눈매가 올라가고 처진 정도, 또는 눈동자에서 반짝이는 동공이 차지하는 비율 같은 것, 그리고 코, 입술 등을 온전히 갖추고 있는 얼굴 전체는 점차 기억할 수 없게 된다. 기억하고 있다고 착각하는 것은 사실은 그 얼굴을 떠올릴 때 환기되는 어떤 분위기와 어렴풋한 인상일뿐이다. 그러니 지난 몇 년간 내가 떠올린 것은 그의 얼굴이 아니라 그의 얼굴에 대한 인상이었던 것이다.

집으로 돌아올 때 나는 지하철을 기다리며 앉아 있었다. 벙거지 모자를 쓴 중년 여자가 다가와 내게 말했다. "아가씨, 천 원짜리 좀 있어? 내가 암 환자인데 간질이 있어, 천 원짜리 좀 있어?" 나는 고개를 들어 그녀를 쳐다봤다. 안경을 쓴 눈은 부릅떴고 흰자가 많이 보였다. 코 주변에 기포처럼 희고 둥근 알갱이들이 수없이 나 있었다. 나는 고개를 흔들었다. "없어요." "없어?" "네." "ATM에 가서 꺼내면 안 되나?" 나는 다시 한번 그녀의 얼굴을 유심히 바라봤다. 나는 약간은 경멸을 담아서 없다고 말했다. 그녀가 사라지고 난 후 문득 그였다면 어떻게 했을까 하는 생각을 떠올렸다. 그랬다면 그녀는 돈을 받아낼 수 있었을 것이다. 나는 그의 얼굴을 떠올려 보았다. 하지만 그것은 그저 인상에 지나지 않는다는 것을 알았다. 그 얼굴을 보다 정확히 볼 수 있었을 때 내가 느꼈던 기분, 분위기 같은 것들일 뿐이라고.

누군가 문을 두드렸다. 처음에는 다른 집의 문을 두드리는 것이라고 생각했다. 내 집에 찾아올 사람은 아무도 없었기 때문이다. 그러나 아니었다. 분명히 내 집 문을 두드리고 있는 소리였다. 나는 문가를 바라보며 잠자코 기다렸다. 한동안 문소리는 들리지 않다가 잠시 후 다시 두드리는 소리가 들렸다.

어떤 여자가 서 있었다. 키가 작고 무척 어려 보이는, 이제 갓 스무 살을 넘겼을 것 같은 여자였다. 나는 의아하게 그녀를 내려다봤다. 처음에는 누군지 몰랐다. 그러나 잠시 후에 나는 그녀의 얼굴을 기억해 냈다. 미술관에서 나를 지켜봤던 그 여자였다.

"……수정 씨, 맞죠?"

그녀는 조심스럽게 나를 올려다보며 말했다.

"뭐지?"

내가 사는 빌라는 지하철에서 멀리 떨어져 있는 허름한 주택가에 있고, 작은 집들이 빼곡하게 들어찬 곳이기 때문에 대충 알아서는 찾아올 수가 없었다. 미리 주소를 알아 왔거나 그게 아니면 몰래 나를 따라왔다는 얘기였다. 둘 중에 어떤 것이든, 별로 기분 좋은 일은 아니었다.

"본 적 있어요, 장례식에서요. 그리고 미술관에서도요. 이 민호 씨 알죠?"

그 말을 듣자마자 그의 장례식 때 봤던 여자의 모습을 떠올릴 수 있었다. 검은 셔츠, 단정하게 빗어 넘긴 머리, 굳게 다문 입술, 하얀 기름종이에 싸인 국화꽃을 들고 있던 여자. 그녀는 마치 장례식장에 하나쯤은 있어야 하는 풍경이라도 되는 것처럼 서 있었다.

"넌 누군데?"

그녀는 대답하지 않았다.

"당신에 대해서 말하는 걸 들은 적 있어요."

"난 그 사람 못 본 지 오래됐어."

그 말은 사실이었다.

"친구였잖아요."

"어렸을 때였지."

나는 고개를 저었다.

"그동안 한 번도 만난 적 없어요?"

"없어."

그 말은 거짓이었다. 그러나 나는 개의치 않았다. 그녀와 왈가왈부하고 싶지 않았다.

차가운 공기가 문틈으로 새어 들어왔다. 내가 말이 없자 그녀는 입속에 뭐라도 들어 있는 것처럼 우물거렸다.

"사진에서 봤어요."

"무슨 사진을 말하는 거지?"

"어렸을 때 찍은 사진이요. 이십 년 전쯤에 찍은. 언니가 거기에 있었죠."

"그게 나인지 어떻게 알아?"

그녀는 내 손을 흘깃 바라봤다. 곧 그녀의 얼굴이 붉게 물들었다. 나는 펴고 있던 손가락을 오므렸다. 나는 그녀를 골똘히 쳐다봤다. 이 여자애가 도대체 무슨 얘기를 하려고 하는 것인지 가늠해 보면서.

"열어 보세요."

그녀는 나에게 수첩을 내밀었다. 모서리가 해진 낡고 작은 갈색 수첩이었다. 나는 그것을 받아 들었다. 처음 보는 이름들과 그들의 전화번호, 주소, 그런 것들이 적혀 있었다. 나는 고개를 저으며 휘리릭 수첩을 넘겨 버렸다.

"이게 다 뭐야?"

"당신의 주소가 적혀 있었어요. 그걸 보고 찾아온 거예요."

우리는 계속해서 현관문을 반쯤 연 채로 말하고 있는 중이었다. 나는 잠시 고개를 돌려 창문을 바라보았다. 눈발은 어느새 비가 되어 내리고 있었다. 나는 다시 그녀에게 말했다.

"이것 때문에 온 거야? 이제 가 줄래?"

내가 말하자 그녀는 큰 눈으로 뚫어져라 나를 쳐다보았다.

"아직 그 집에 살고 있어요. 아줌마도 살아 계시고요. 거기로 오세요. 줄 게 있어요. 그리고 제 이름은 유리예요, 이유리."

그녀는 등을 돌려 계단을 내려갔다. 나는 문을 닫은 뒤 방 안으로 돌아왔다. 그리고 창가에 서서 그녀가 아무것도 쓰지 않은 채 눈비를 헤치며 걸어가는 모습을 지켜봤다. 그녀는 잠시 멈추었다가 내 방 창문 쪽을 바라봤다. 나는 잠시 물러섰다가 그녀가 다시 고개를 돌리고 걸어갈 때 창가로 다가섰다. 얼마 안 있어 그녀는 내 시야에서 사라졌다.

유리창에 빗방울이 부딪히는 소리가 들렸다. 비가 내리기 시작했다. 일기예보에 따르면 아직 비가 내릴 때는 아니었다. 예정대로라면 내일이나, 적어도 새벽은 되어야 했다. 그러나 이런 일은 늘 이런 식으로 일어났다. 예정에 없던 것처럼, 아직 때가 아니라고 생각했을 때, 가소롭다는 듯이 비웃는 것처럼.

나는 수첩을 펼쳐 맨 뒷장을 보았다. 어린아이처럼 한 자 한 자 힘을 들여 쓴 글씨체. 그것은 내가 알고 있던 글씨체였다. 글씨체처럼 어리숙하고, 도무지 세상이 돌아가는 방식을 이해할 수도 없고 적응할 수도 없었던 사람의 글씨. 때때로 그가 커서 성인이 되면 어떤 모습일까를 상상했지만 곧 도저히 상상할 수 없다는 사실을 깨닫고는 했던 사람.

우리가 헤어진 지 오랜 시간이 지났다. 시간이 물처럼 흐른다는 말은 사실이 아니다. 시간은 얼음처럼 굳어 있다. 얇은 살얼음과 밀도가 높은 얼음이 공존하는 형태로. 멀리서 보면 안을 들여다볼 수 있을 것처럼 투명하지만, 가까이 다가가면 모든 것이 굴절되어 보인다.

나는 창가에 비친 얼굴을 본다. 움푹 팬 눈, 더 이상 생기 있다고 할 수 없는 피부의 색감, 내가 더 이상 아이가 아니라는 것을 알리는 신호들. 마치 모르는 사람인 것처럼 내 자신이 낯설게 느껴진다. 시간이 얼마나 지났는가? 우리의 이야기로부터 나는 얼마나 멀리 와 버렸는가? 아무리 기억해 내려 해도 굳게 잠긴 문처럼 열리지 않는 기억들이 있다. 그러나 어떤 기억은 잠깐 힐끔거리기만 했는데도 아플 정도로 선명하게 떠오른다.

그동안 그에게는 무슨 일이 일어났던가? 나는 그가 새로운 애인을 만났다는 것을 안다. 그리고 얼마 후 헤어졌다가 또 다른 애인을 만났다는 것을 안다. 나는 그들에게서 공통점을 찾아내고자 했었다. 어떤 여자는 키가 컸고 어떤 여자는 작았다. 나이가 많은 사람도 있었다. 그가 마지막으로 만났던 애인은 나보다 한참 어렸다. 그들에게는 비슷한 점이 하나도 없었다.

나 역시 몇 번의 연애를 했다. 그러나 어느 순간부터는 아무도 만나지 않게 되었다. 어떤 남자들은 내게 관심을 보였다. 그들은 가던 길을 멈춰 서서 나를 불러 세우고는 말을 걸었다. 나는 그들이 하는 말을 잠자코 들었다. 그중에는 끈질긴 사람들도 있었다. 나는 아무 말도 하지 않고 끼고 있던 장갑을 벗어 보여 줬다. 그러면 그들 입가의 미소는 이내 사라졌다. 나는 잠시 후면 다시 가던 길을 갈 수 있었다.

무엇이 그를 그렇게 만들었을까? 죽기 직전에 그는 무슨 생각을 했을까? 의자 위로 올라가 목을 맨 다음 의자를 떠밀어 버리기 전에 그는 무엇을 봤을까? 후회했을까? 나는 고개를 젓는다. 그는 후회 같은 걸 하는 사람이 아니다. 공포에 질렸을 때 그는 눈을 감아 버리는 사람이다. 뒤이어 일어날 일이 더 끔

찍한 일일지라도.

"나와 함께 있으면 넌 죽어갈 거야."
나는 그에게 말했었다. 나는 그렇게 믿었다. 우리가 헤어
져야만 그가 제대로 살아갈 수 있다고.

4. 집에 같이 갈래?

초등학교 때 나는 맨 뒷자리에 앉는 학생이었다. 선생님
이 그렇게 앉게 했다. 키가 크다는 이유였지만 나보다 큰 아이
들이 있었음에도 나는 더 뒷자리에 앉았다. 학생 수가 홀수인
경우라면 짝이 없는 한 사람은 바로 내가 되어야 했다. 나는 신
경 쓰지 않았다. 선생님이 머뭇거리며 저 뒤에 앉으렴, 하고 말
하거나 그녀에게서 측은하지만 그렇다고 애정을 가질 수는 없
다는 눈빛을 받을 때, 그럴수록 나는 힘을 모았고 더욱 독해지
는 법을 익혔다.

나는 다른 모두에게 그렇듯이 처음에는 그에게 아무런 관
심이 없었다. 그의 부모가 부자라는 얘기를 어렴풋이 들어 알
고 있었을 뿐이다. 그는 수업 중에 갑자기 호명되면 얼굴을 붉
히는 아이였다. 말을 할 때면 언제나 쭈뼛거렸고 자신감이라

고는 하나도 없었다. 그는 언제나 혼자였고 아이들은 자주 그를 괴롭혔다. 나를 괴롭혔던 아이들은 점차 그를 괴롭히는 쪽으로 방향을 돌렸다. 나는 가만히 있지 않았기 때문이다. 그러나 그는 아니었다. 그는 한 번도 반항할 생각을 하지 못했다.

선생님들은 그에게 관대했다. 무슨 잘못을 저질러도 그에게는 어느 정도 예외가 허용되었다. 그들은 그의 아빠가 어떤 사람인가를 알았던 것이다. 그러나 아이들은 그러지 않았다. 아직 이 세계가 어떤 식으로 돌아가는지 알지 못하는 아이들, 그를 건드려서는 안 된다는 사실을 모르는 아이들은 달랐다. 어느 날 나는 그가 세 명의 아이들에게 둘러싸여 있는 모습을 보았다. 아이들은 자신들이 충분히 만족할 때까지 그를 괴롭힌 다음 사라졌다. 나는 그냥 지나칠 수도 있었다. 그러나 한마디 해 주고 싶었다.

"바보냐? 왜 당하고만 있어?"

나는 되갚아 줘야 한다고 말했다. 똑같이 해 주지 않으면 걔네들은 계속해서 너를 못살게 굴 거라고. 내 말에 그는 아무 말도 하지 못했고, 나는 그를 한심하게 바라봤다.

한 학기가 끝나갈 때쯤이었다. 학교가 끝나고 모든 아이들이 집으로 돌아간 뒤였는데 그날 나는 당번이었고 마지막까지 남아 뒷정리를 하고 가야 했기 때문에 가장 늦게 교실을 나왔다. 내가 운동장을 가로질러 걸어가고 있을 때 그는 나에게

다가와 조심스럽게 말했다.

"……집에 같이 갈래?"

나는 그에게 꺼지라고 말했다. 그는 그런 단어를 태어나서 처음 들어 보는 것처럼 움찔했다. 그리고 나의 말에 정말로 그렇게 했다. 그는 고개를 푹 숙이고 힘없이 돌아섰다. 가까이 다가오는 것들에게 꺼지라고 말하는 것, 내게 손대지 말라는 표지판을 언제나 붙여 놓는 것. 그것이 나였다. 나는 가방을 고쳐 매고 다시 터벅터벅 운동장을 걸어갔다. 그렇지만 흘끗 그의 얼굴을 돌아보지 않을 수 없었다. 그는 땅바닥만 보며 걸었다. 나는 운동장 위로 그의 눈물방울이 떨어지는 것을 볼 수 있었다. 그때 나는 얼마간 우리를 연결해 주는 공통점이 있다는 것을 깨달았다. 그것은 우리가 혼자라는 것, 둘 다 궁극적으로는 한 점으로 소급될 수 있는 특성을 가진 인간이라는 것이었다.

"너 어느 쪽으로 가는데?"

내가 말했고, 그는 내가 꺼지라고 말했을 때 만큼이나 놀란 얼굴로 나를 바라봤다. 학교 운동장에서 우리가 처음 함께했던 그때, 나는 우리가 각자의 방식으로 서로에게 반응했던 게 아닐까 생각한다. 즉, 밀어냄으로써 품위를 지킬 수 있다고 생각하는 사람과 받아 주지 않으면 들어갈 수 없다고 생각하는 사람의 방식대로. 그렇게 해서, 전혀 다른 양상을 띠고 있지만 어쩌면 본질적으로는 같다고 할 수 있는 우리가 만나게 되었던 것이다.

5. 아줌마

나는 그의 집에서 많은 시간을 보냈다. 어느 순간부터 학교가 끝나면 그의 집에 가는 것이 일과가 되었다. 그의 집은 매우 컸다. 붉은 벽돌이 빼곡하게 쌓인 높은 담장이 바깥을 둘러싸고 있었는데, 그 큰 담장을 온통 담쟁이덩굴이 드리우고 있었다. 안으로 들어가면 거실의 전면 유리창을 통해 볼 수 있는 정원과 한쪽에 가지런히 피어 있는 꽃들, 잘 손질된 짙은 초록색 잔디가 있었다. 그것만으로도 나는 처음에 약간 겁을 집어먹었다.

민호의 집에 자주 드나들면서 나는 그의 부모님이 내가 생각했던 것보다 훨씬 더 부자라는 것과 집에서 숙식을 하는 가정부와 운전기사를 두고 있다는 것, 아빠는 거의 집에 들어오지 않는다는 것, 그리고 그의 엄마가 일반적으로 말해서 결코 좋은 엄마는 아니라는 사실을 알게 되었다. 민호의 집에 가면 언제나 볼 수 있는 광경은 그의 엄마가 거실 흔들의자에 앉아 드라마를 보거나 거울 앞에서 하루 종일 자기 얼굴을 꾸미

고 있는 모습이었다. 그의 엄마는 우리가 집에 오거나 말거나
크게 신경 쓰지 않았다. 내가 오면 그녀는 못 보던 물건 하나가
자기 집에 들어왔다는 눈빛으로 흘긋 쳐다봤다가 다시 자기가
하던 일로 돌아가곤 했다. 오히려 우리를 반겨 준 것은 가정부
아줌마였다. 처음으로 그가 나를 집에 데리고 왔을 때 가정부
는 대단한 일이라도 벌어진 것처럼 수선을 떨었다. 그가 친구
를 데려온 것이 처음이었던 것이다.

　　그녀는 우리가 놀고 있는 모습을 흥미롭게 관찰하고 때로
는 걱정스러운 얼굴로 지켜봤다. "배고프지 않니? 피자를 만
들어 줄까? 아니면 다른 걸 만들어 줄까?" 그녀는 말했다. 마
치 처음으로 강아지를 갖게 된 아이가 강아지에게 우유를 따라
주고는 그 모습을 바라보는 눈빛으로. 나는 그가 부르듯이 그
녀를 아줌마라고 부르게 되었다. 내 입장에서는 그의 엄마 역
시 아줌마였기 때문에 같은 호칭으로 불러야 할 사람이 한 집
에 두 명이 된 것이었지만 그의 엄마를 부를 일은 거의 없었으
므로 상관없는 일이었다. 아줌마. 그녀는 내가 스스럼없이 그
렇게 부르게 된 최초의 사람이었다. 그 이후로도 나는 그런 식
으로 부른 사람이 없다. 적어도 그런 감정을 담아 부른 사람은
없다. 그래서 지금 그 단어를 입 밖에 내면 마치 외국어라도 되
는 것처럼 생경하게 느껴진다. 아줌마에게는 가족도, 아이도
없었다. 그녀에겐 우리가 자신의 아이나 다름없었던 것인지도

모른다. 그녀는 몸에 살집이 많았다. 걷어붙인 팔뚝은 남자처럼 두꺼웠고 당연히 힘도 세 보였다. 그녀는 화장도 하지 않았다. 그녀가 화장을 하고 집을 나서는 경우는 오로지 주일날 교회에 갈 때뿐이었다. 수수하고 꾸미지 않으며 늘 분주히 움직이는 가정부 아줌마와 가구처럼 한자리에 붙어서 거울을 보고 있는 민호의 엄마. 그들이 항상 같은 공간에 있는 것을 보는 것처럼 이상한 풍경도 없었다. 그 둘은 마치 섞여서는 안 되는 무언가처럼 보였기 때문이다.

그녀는 내 손을 보고 놀라지 않은 사람이기도 했다. 그녀는 내 손을 한참 바라보더니 말없이 내 머리를 쓰다듬었다. 언젠가 나는 그녀가 주방에서 칼질을 하면서 나를 슬쩍 바라보고는 혼잣말을 중얼거리는 것을 봤다. 그때 아줌마는 무슨 말을 했던가? 딱하기도 하지. 그중에 하나는 이런 말이었을 것이다. 그게 무엇이었든, 나는 좋은 뜻으로 받아들였다.

밥이나 간식을 먹기 전에 아줌마는 우리를 앉혀 놓고 기도를 했다. 나를 위해 기도하는 적도 있었는데 그럴 때면 아줌마는 내 손을 꼭 붙잡았다. 그렇게 하면 뭔가가 되돌아오기라도 할 것처럼. 아줌마는 평소에는 잘 웃고 친절한 사람이었지만 기도를 할 때면 매우 엄숙했고, 기도를 하지 않고 뭔가를 먹는다는 것은 상상할 수 없는 일인 것처럼 진지하게 임했다. 그때마다 나는 아줌마가 다른 사람처럼 느껴졌기 때문에 가끔씩 실눈을 뜨고 그녀가 어떤 얼굴을 하고 있는지 쳐다보곤 했다. 눈을 감고 있는 동안 혹시 다른 사람이 와서 우리 앞에 앉아 있는 것이 아닐까 하고. 그러나 아줌마는 미간에 주름을 만들고 열심히 중얼거린다는 것만 제외하면 평소의 모습과 똑같았다. 뚱뚱하고 억세 보이지만 다정한 얼굴. 민호는 기도하는 내내 한 번도 눈을 뜨지 않았다. 아줌마가 하느님께서 보고 계신다고 말하면 민호는 그 말을 정말로 믿었고 꾹 감은 눈을 절대로 뜨지 않았다. 나는 그게 좋았다. 내가 눈을 감고 있는 동안에는 민호도 눈을 꼭 감고 있을 거라는 걸 안다는 것이.

아줌마는 우리를 데리고 교회에 다녔다. 우리는 아줌마의 손을 한쪽씩 붙잡고 걸었고 그녀는 예배가 끝나면 용돈을 주었는데 백 원을 주기도 하고 때로는 오백 원을 주는 때도 있었다. "사탕을 사 먹으렴." 실제로 사탕을 사 먹은 적은 없었지만 우리는 돈을 받으면 좋아했다. 다른 무언가를 살 수 있을 거라고 생각했기 때문이다. 그것이 무엇이 될지는 생각하지 않았다. 민호는 자기 주머니 속에 가지고 다니는 동전 지갑에 아줌마가 주는 동전들을 차곡차곡 모아 두었다.

민호와 내가 학교에서 자주 같이 다니는 모습이 발견되자 아이들은 이것을 놓치지 않았다. 그들은 우리를 놀리고, 때리고, 때로는 등 뒤에서 흙을 한 움큼 집어 던지기도 했다. 하교를 하다가 갑자기 머리 위로 흙이 떨어져 돌아보면 그들이 웃

으며 달아나고 있었다. 나는 똑같이 흙을 집어 던졌다. 그들이
이미 멀리 도망가 버렸다는 걸 알면서도 그랬다. 그들이 돌을
던지면 나도 돌을 던졌다. 만약 그들이 또 다른 것을 던졌다면
나는 칼이라도 던졌을 것이다.

어느 날은 그의 얼굴에 상처가 났다. 다른 아이가 어디서
주워 왔는지 막대기를 가져와 민호 앞에서 위협하는 시늉을 했
는데 그것이 그의 오른쪽 눈 옆을 찔렀던 것이다. 피부가 벗겨
지고 피가 났다. 그 아이는 놀라서 막대기를 떨어뜨렸다. 나는
땅바닥에 떨어진 막대기를 주워 들고 녀석에게 던졌다.

그날 집으로 돌아와서 우리는 가정부 아줌마에게 거짓말
을 했다. 오는 길에 넘어졌다고 말한 것이다. 너무나 서툰 거
짓말이지만 그때는 다른 것을 생각해 내지 못했다. 아줌마는
민호의 얼굴을 소독해주고 연고를 발라 주었다. 그리고 꿀을
탄 따뜻한 우유를 만들어 주었다. 하지만 민호의 눈 옆에 난 흉
터는 이후에도 지워지지 않았다.

"다음부터는 조심하도록 할게요."

내가 말했다.

그녀는 내 얼굴을 유심히 바라보다가 말했다.

"수정아, 넌 참 어른스럽구나."

그녀는 물 묻은 손을 수건에 씻은 후 양손으로 내 볼을 감
싸 쥐었다.

"민호를 잘 보살펴 주렴. 민호는 다른 아이들과 다르단다."

"그게 무슨 말이에요?"

나는 그 말이 무슨 말인지 알면서도 물었다.

"민호는 달라. 게다가 민호에게는 엄마가 없잖니."

그 말은 정말로 무슨 말인지 몰랐다. 나는 민호의 엄마가 있을 안방 쪽을 바라봤다. 바로 옆에 그의 엄마가 있는데 아줌마가 왜 그런 말을 하는지 이해할 수 없었다.

"그럼 민호 엄마는 뭐예요?"

그녀는 내 말에 대답하지 않고 이렇게 말했다.

"민호는 종교인이 될 거야."

결과적으로 보면 그는 종교인이 되지 않았다. 종교인이 되지 않았을 뿐만 아니라 교회 근처에도 가지 않았다. 우리가 어린 시절에 다녔던 교회는 까맣게 잊었다는 듯이 그는 교회와는 관련 없는 삶을 살았다.

아줌마는 선한 사람이 되기 위해서는 교회를 다녀야 한다고 말했지만 내게는 악함을 생각하는 것보다 선함을 생각하는 것이 훨씬 더 힘든 일이었다. 그것은 나에게는 불가해한 어떤 것이었다. 어떻게 그럴 수 있는지, 사람이 어떻게 악하지 않고 선할 수 있는지. 자신이 선한 사람이 될 수 없을 것 같기 때문에, 또는 어쨌거나 선한 일을 해야 한다고 믿기 때문에 선을 행하는 이들에게는 교회나 신적인 존재가 위안을 줄지 모른다.

그러나 그런 것을 믿어야 할 필요가 없는 사람, 그것이 주어진 조건과도 같기 때문에 믿음의 문제와 연결되어 있다는 사실을 이해할 필요조차 없는 사람에게는 사정이 다르다. 숨을 쉬기 위해 공기를 만들어 내야 할 필요는 없는 법이다.

6. 민호의 엄마

민호는 나에게 많은 것을 주었다. 비유적으로뿐만 아니라 물질적으로 많은 것을 주었다. 그는 내게 한 번도 쓰지 않은 공책, 고전 명작 소설책, 모조 보석이 박힌 빗, 포터블 워크맨, CD 플레이어 같은 것들을 주었다. 나는 이런 물건들이 모두 어디서 나오는 것인지 의아했다. 그것은 그의 엄마의 것이었다. 정확히 말하면 그의 엄마가 사 놓고 쓰지 않는 것들이었다.

"너희 엄마가 알면 어떡하려고?"

"괜찮아, 엄마는 쓰지도 않는걸."

그 말은 사실이었다. 그녀는 애초부터 그런 물건이 있었는지조차 모르는 것 같았다. 한 번도 사라진 물건에 대해서 물은 적이 없었기 때문이다. 도무지 우리에게 관심을 기울이는 것 같지도 않았다. 때때로 나에게 말을 걸어오는 적은 있었다. 처음 나를 봤던 날, 그녀는 내 손을 스윽 훑어보더니 넌 옷을 잘 입고 다녀야겠다고 말했다. 그렇지 않으면 힘들어질 거라고. 나는 그 말이 무슨 뜻인지 몰랐다. 내가 옷을 안 입고 다닌다는 뜻인지, 아니면 단추라도 풀렸다는 것인지 알 수 없었다. 한 번은 나에게 어디에 사는지 물어봤다. 내가 대답하자 그녀는 얼굴을 찌푸렸다.

"거기에 산다고? 그 동네 말이야? 아줌마, 애들 목욕은 시키고 들여보내는 거야?"

아줌마는 놀라서 우리를 돌려세우고 화장실로 데려갔다. 아줌마는 정말로 목욕을 시키지는 않았지만 세수를 하고 손을 씻게 했다.

우리가 방 안에 있으면 때때로 그녀는 흔들의자에 앉아 드라마를 보고 있다가 가끔씩 우리를 불러 뭘 하고 있는 거냐고 물어봤다. 나는 할 말이 없었다. 그러면 민호가 어깨를 으쓱하고 대답했다. "그냥 놀고 있어요." 그녀는 고개를 끄덕이고는 다시 드라마에 빠져들거나 아니면 나에게 한마디를 덧붙이곤 했다. 이런 말들이었다. 넌 커서 손톱 기르지 마, 눈에 띌 테니까. 머리는 허리까지 길러, 가릴수록 예뻐질 거야.

민호의 아빠는 거의 볼 수 없었다. 그의 아빠가 늦게 들어오기도 했지만 간혹 들어온다고 하더라도 그때마다 민호의 엄마와 함께 방에 들어가 있었기 때문에 보는 일은 드물었다. 딱한 번, 언젠가 내가 화장실에 가기 위해 거실로 나와야만 했을 때 나는 안방의 열린 문틈으로 그의 아빠를 본 적이 있었다. 그의 앞에는 민호의 엄마가 앉아 있었다. 그는 손을 써 가며 무슨 말인가를 하고 있는 중이었는데 그 모습이 뭔가를 지시하는 것 같기도 하고 훈계하는 것 같기도 했다. 우리는 잠깐 눈이 마주쳤다. 그는 나를 무표정하게 바라봤다가 다시 시선을 돌려 그녀에게 하던 말을 계속했다. 그때 나는 무척 놀랐다. 왜냐하면 그가 너무나 늙은 사람이었기 때문이다. 내가 할아버지라고 부를 수 있을 그런 사람이었다. 머리가 하얗게 센 것은 물론이고 턱과 목에 난 수염조차 하얗게 세어 있었다.

"너희 아빠 몇 살이야?"

나는 방문을 닫고 민호에게 물었다.

그는 고개를 저었다.

"모르겠어."

"아빠 나이를 모른다고? 물어본 적 없어?"

그는 한참 생각하더니 말했다.

"칠십이라고?"

"좀 넘을 거야."

나는 우리 반 담임 선생님이 서른 살이라는 걸 알고 있었다. 언젠가 다른 반 선생님과 말하는 걸 들은 적이 있었기 때문이다. 내가 보기에 그의 엄마는 담임 선생님과 비슷한 정도였다. 서른 살 정도거나 아니면 그보다도 어려 보였다. 저렇게 젊고 예쁜 여자의 남편이 칠십이 넘은 할아버지라는 사실이 믿기지 않았다. 학부모 초청회 행사 때문에 그의 엄마가 학교에 찾아왔을 때 나는 그의 엄마를 보고 넋이 나가 있었다. 그녀는 하얀색 원피스를 입고 하얀색 장갑을 끼고 나타났는데 마치 그녀의 뒤에서 섬광이 번져 오는 것 같았다. 심지어 그녀의 얼굴마저도 하얀색이었다. 머리에는 초록색 공작 깃털과 은은하게 빛나는 보석 장식이 달린 모자를 쓰고 있었다. 다른 엄마들 역시 예쁘게 꾸미고 왔지만 그녀는 어떤 엄마와도 비교가 되지 않았다. 다른 아이들도 넋을 잃고 그녀를 바라봤다. 행사가 끝나기 전에 그녀는 타고 왔던 고급 승용차를 타고 일찍 돌아갔다. 그때 다른 엄마들이 학교를 빠져나가는 그 차의 꽁무니를 보며 수군거렸던 것이 기억났다.

"부모님이 나이 차가 많이 나는구나?"

민호는 마치 그게 자기 잘못이라도 되는 것처럼 얼굴을 숙이고 고개를 끄덕였다. 그러고는 곧 고개를 돌려 버렸다.

그의 엄마는 대체로 우리가 무엇을 하든 관심을 두지 않았지만 어느 때부터인가는 아줌마에게 핀잔을 주기 시작했다. 그의 엄마가 방으로 아줌마를 불러 아줌마에게 뭔가를 말하는 소리가 들린 다음에는 언제나 아줌마가 나와 "나가서 놀고 오거라."라는 말을 자주 하곤 했다. 그러면서 아줌마는 꼭 근처에만 있어야 한다는 말도 덧붙였다. 그 말을 할 때면 아줌마는 아이들에게 하는 통보나 지시가 아니라 마치 윗사람에게 사과를 하는 사람처럼 보였다. 나는 의아했다. 그의 엄마는 우리가 벽시계나 스탠드 전등처럼 제자리에만 있다면 아무런 제재도 하지 않아 왔던 것이다.

얼마 후, 나는 그녀가 왜 그런 식으로 말했는지 이유를 알게 되었다.

"동생이 태어날 거란다."

아줌마가 말했다.

민호의 엄마가 임신을 한 것이다. 그 말을 듣고 민호는 잠시 다른 세상에 가 있는 것 같았다. 놀란 사슴 같기도 하고 무슨 말인지 이해하지 못한 것 같기도 했다. 나는 그 말이 민호에게 어떤 반응을 불러일으킨 것인지 짐작조차 할 수 없었다.

다음 해에는 많은 일들이 일어났다. 첫 번째로 아기가 태어났다. 여자아이였다. 아기를 위한 작은 침대가 들어오고 천장에는 모빌이 달렸다. 아기용 장난감, 플라스틱 젖병, 하얗고 작은 양말. 이런 것들을 민호는 호기심 넘치는 눈빛으로 바라보았다. 우리는 아기가 보고 싶었지만 아줌마는 아직은 볼 수 없다고 말했다. 때가 되면 볼 수 있다고 말이다. 방 안에는 민호 엄마가 있었다. 아줌마는 우리가 바로 앞에 있는데도 큰 소리로 말했다. 그러고는 방문을 흘깃 쳐다본 다음 귓속말을 하듯이 손 모양을 만들어 우리에게 엄마가 잘 때 보여 주겠다고 속삭였다.

두 번째로 일어난 일은 민호의 아빠가 쓰러진 것이었다. 어느 날 그는 발작을 일으켰고 한동안 병원에 입원해 있다가 집으로 돌아왔다. 집으로 돌아온 뒤에도 대부분의 시간을 침대에 누워 지냈다. 그가 쓰러진 후 종종 집에 양복을 차려입은 사람들이 다녀갔다. 밖에서 자동차가 들어오는 소리가 들리고 담장과 연결된 거대한 출입구가 열리는 소리가 들리면 아줌마는 우리에게 방에 들어가 조용히 있으라고 시켰다. 그녀는 손가락을 입에 대고 '쉿' 하는 모양을 만들어 보였다.

그날 나는 그의 집을 나서면서 고개를 돌려 문득 그 집을 돌아봤다. 햇빛이 없는 흐린 날이었다. 붉은 벽돌과 그것을 둘러싼 담쟁이덩굴이 마치 모든 색이 빠져나간 것처럼 잿빛으로 보였다.

7. 전신운동기구

어젯밤 나는 눈 속에 파묻혀 죽는 꿈을 꾸었다. 처음에는 발목을 덮는 정도의 눈이 내렸을 뿐이었다. 하지만 다음 순간 눈은 허리까지 차올라 있었다. 또 다음 순간에는 가슴까지 눈이 차올라 있었다. 눈앞으로 눈보라가 휘날렸다. 움직일 수가 없었다. 여기가 어디인지조차 분간할 수 없었다. 아마도 나는 거리를 걷고 있었던 것 같았다. 상점들이 즐비하고 많은 사람들이 지나다니는 곳. 항상 번잡하고 시끄러운 소리가 들리던 곳. 하지만 지금은 무엇 하나 보이지 않았다. 나 홀로 눈 속에 묻힌 채 꼼짝도 할 수 없었던 것이다. 체온이 점차 떨어지고, 눈이 스르르 감겼다. 여기서 죽게 되는 걸까. 얼마나 시간이 지났는지 모르겠다. 문득 느껴지는 인기척에 눈을 떴을 때, 내 앞에는 검은색 개 한 마리가 내 얼굴에 코를 대고 킁킁거리고 있었다. 하얗게 얼어붙은 수염을 흔들거리면서. 잠시 후 개가 내 얼굴을 핥았다. 나는 개의 얼굴을 보고 싶었다. 어떻게 생겼는지 알고 싶었다. 하지만 내가 그 생각을 하자마자 눈보라는 미친 듯이 격렬해졌다. 나는 곧 눈 속에 완전히 파묻혔고, 더는 숨을 쉴 수 없었다. 이제 정말 죽었다고 생각했을 때 잠에서 깨어났다.

일어났을 때 나는 불안했고, 우울감이 밀려오는 것을 느꼈다. 나는 밖으로 나왔다.

오랫동안 습관화된 우울 속에서 살아가는 사람들은 어느 정도는 대처하는 방법을 터득하게 된다. 어떤 사람들은 달리기를 한다. 그들은 활기찬 음악을 들으면서 달린다. 그런 사람들을 위해 시(市)는 강 주변을 따라 도보전용 도로를 만들어두었다. 좀 바보가 되는 기분이 들 수 있는 단점이 있지만 초보

적인 운동 기구들도 중간중간 배치돼 있다. 나는 강 주변을 걸었다. 걷다가, 달리고, 다시 걸었다. 그러다 문득 나타난 철로 된 원반 기구 위에 올라섰다. 사용설명서에는 다음과 같이 적혀 있었다.

전신운동기구. 원반 위에 올라가 손잡이를 잡고 안전하게 허리를 돌리시오.

하지만 나는 손잡이를 잡지도 않았고 안전하게 돌지도 않았다. 원반 위에 쭈그려 앉은 채로 아무 생각 없이 돌았다. 손잡이를 잡지 않았기 때문에 내 몸은 멈추지 않았고, 잔잔한 원을 그리면서 돌아갔다. 다섯 바퀴쯤 돌자 어지러웠다. 스무 바퀴쯤 돌자 달려가던 사람들이 멈춰 서서 쳐다봤다.

8. 병아리

겨울이 되었다. 아기가 태어난 후 민호 엄마의 신경질은 더욱 심해졌다. 우리는 아줌마가 말하지 않아도 스스로 나가서 노는 버릇을 들이게 되었다. 우리는 집 뒷길에 있는 공원으로 갔다. 분수대가 있고 연잎처럼 크고 둥근 나뭇잎들이 물 위에 떠 있는 공원이었다. 우리는 산책로를 뛰어서 연못에 도착한 다음 얇게 살얼음이 낀 수면과 그 위에 떠 있는 연잎을 하염

없이 바라보곤 했다. 조깅하는 사람들과 개를 데리고 산책을 하는 사람들이 우리를 지나쳐 갈 때면 의문스러운 시선으로 쳐다봤다. 그들은 우리에게 집이 어디냐고 묻기도 했다. 또 여기 있으면 안 된다는 말을 하기도 했다. 한겨울에 어린아이 둘이 연못 주변에 앉아 있는 모습이 위험하게 보였을 것이다. 그러나 우리는 다른 사람들을 신경 쓸 겨를이 없었다. 우리는 자갈을 던져 연잎 위에 올려놓았다. 얼마나 무거워져야 연잎이 가라앉을 것인가를 조용히 지켜보면서.

한 중년 남자가 우리에게 다가왔다. 고개를 올려다보니 볼품없는 옷을 입고 때가 잔뜩 낀 군밤 모자를 쓴 남자가 우리를 보고 있었다. 공원 벤치에 누워 있던 남자였다. 모자 사이로 삐져나온 긴 머리는 기름기로 번들거렸다. 오랫동안 씻지 않은 것 같았다. 그가 히죽 웃으며 우리에게 말했다.

"너희들 여기서 뭐 하니?"

그는 뭔가를 숨기고 있는 것처럼 한 손을 자기 외투 속에 넣고 있었다. 웃음 짓는 그의 입술 옆으로 하얗게 침이 굳어 있는 것이 보였다. 우리는 하던 것을 멈추고 슬그머니 물러섰다. 그러자 그도 걸음을 멈췄다.

"이거 갖고 싶니?"

그는 그렇게 말하고 한동안 외투 속에서 손을 꼼지락거렸다. 우리는 굳은 얼굴로 그의 행동을 바라보았다. 그의 품 안에서 뭔가가 작게 신음하는 듯한 소리가 들렸다. 우리는 조금씩 뒷걸음질 쳤다. 마침내 그가 외투에 넣고 있던 손을 빼자 그의 손 위에는 작은 새 같은 것이 들려 있었다. 그것은 병아리였다. 노란 병아리 한 마리가 그의 손바닥 위에서 잠든 것처럼 눈을 감고 있었다. 나는 그가 죽은 병아리를 들고 있다고 생각했다. 병아리가 전혀 움직이지 않았기 때문이다. 그러나 잠시 후 병아리가 작은 숨을 내쉬었고 나는 그제야 그것이 살아 있는 것임을 알았다. 그는 양손으로 병아리를 받치고 우리에게 가져가라는 시늉을 했다. 나와 민호는 서로의 얼굴을 바라보고 한참 동안 어떻게 하면 좋을지 생각했다. 사실 머릿속에서는 아무런 생각을 하지 못하고 있었다. 우리는 그저 아무것도 하지 못한 채 손바닥 위에 있는 병아리를 바라보고만 있었던 것이다.

"갖고 싶지 않아?"

그는 다시 한번 히죽 웃으며 말했다.

그 남자에게 다가가는 것이 한편으로 무서웠지만 다른 한편으로는 병아리를 만져 보고 싶다는 생각도 들었다. 민호의 눈도 반짝 빛나고 있었다. 그러나 우리는 여전히 머뭇거렸다. 한동안 그 상태가 지속됐다. 마침내 그가 걸어와 우리의 손에 병아리를 쥐여 주었을 때 우리는 꼼짝 않고 병아리를 쳐다봤다. 여전히 눈을 감고 있었는데 그 모습이 마치 아직 살아갈지 말지 결정하지 못한 것처럼 보였다. 그는 자기 손을 주머니에

넣었다. 우리의 몸은 다시 굳어졌지만 그의 손에서 나온 것은 좁쌀 몇 톨이었다. 그는 그것을 민호의 손에 쥐여 주었다. 그리고 말했다.

"아저씨한테 빵 하나 살 돈 좀 주렴. 하루 종일 밥을 못 먹었거든."

나는 이제는 정말 도망치려고 준비했다. 그러나 민호가 말했다.

"여기 있어요."

민호가 주머니에서 동전 지갑을 꺼내 남자에게 오백 원을 주었다. 아줌마에게서 받은 용돈이었다.

"더 필요하지 않으세요? 이걸로 밥을 사 드세요."

민호는 그동안 모아 왔던 돈을 모조리 남자에게 주었다. 그는 자신의 때 묻은 손바닥 위에 놓인 동전들을 멀거니 바라보았다. 우리는 얼마간 그의 검붉은 얼굴을 보고 있다가 그가 더 이상 말을 하지 않자 등을 돌려 집으로 돌아왔다. 그가 그랬듯이 병아리를 품속에 꼭 안고서.

가정부 아줌마는 병아리를 보고 말했다.

"엄마가 알면 안 되니까 몰래 키우렴."

아줌마는 박스를 잘라서 병아리의 집을 만들어 주고 종이컵을 오려서 모이통도 만들어 주었다. 우리는 방 안에서 병아리가 모이를 먹는 모습을 구경했다. 그러나 병아리는 기운이 없었고 좀처럼 눈을 뜨는 법이 없었다. 어쩌다가 눈을 뜨고 모이를 먹다가도 곧 다시 감아 버렸다. 그러고는 한참 동안 움직이지 않았다. 우리는 박스에 구멍을 뚫어 놓은 다음 그 위에 이불을 덮었다. 민호의 엄마가 발견하지 못하게 하기 위해서였다. 그러나 얼마 안 가 곧 발각이 됐다. 어둠 속에 있게 되자 병아리가 삐약거리며 울었기 때문이다. 그의 엄마는 병아리를 보고 소리를 질렀다. 아기에게 병균이 옮는다는 것이었다.

"당장 나가서 버려."

우리는 병아리를 품에 안고 다시 공원으로 갔다. 그에게 돌려주기 위해서였다. 그러나 그의 모습은 보이지 않았다. 우리는 그가 누워 있던 벤치 아래에 돌무더기를 쌓은 다음 그 안에 병아리를 넣어 두었다. 그리고 사람들이 눈치채지 못하도록 나뭇가지를 꺾어다가 주변에 흩뿌려 두었다. 마치 자연스럽게 그것들이 거기 있는 것처럼. 다음 날 학교가 끝나자마자 우리는 그곳으로 가 돌무더기 위에 덮인 가지들을 치웠다. 병아리는 얼음처럼 굳어 있었다. 민호는 심한 충격을 받았다. 나는 민호에게 거짓말을 했다. 병아리는 추워서 죽은 것이 아니라 밥을 못 먹어서 죽은 것이라고. 그렇게 말하면 좀 나을 거라고 생각했던 것일까? 그러면 우리의 잘못이 아니게 된다고 생각했던 것일까? 그러나 내가 밥을 먹지 않아서 죽었다고 한 것은 실수였다. 민호는 이 말에 즉각 반응했던 것이다. 병아리가 죽은 뒤 그는 며칠 동안 먹지 않았다. 병아리가 굶어 죽었기 때문이라는 이유였다. 집에서도 학교에서도 그는 밥 먹기를 거부했다. 바보 같은 짓 하지 말라고 해도 소용이 없었다. 급식으로 나온 우유를 내가 억지로 먹이자 그는 우유만 먹고도 토했다.

며칠 동안 우리는 학교가 끝나면 공원 주변을 서성였다. 그에게 말하기 위해서였다. 병아리가 죽은 일에 대해 사과를 해야 한다고 생각했다. 마침내 우리가 다시 그를 발견했을 때는 사람들이 그를 둘러싸고 웅성대고 있었다. 그는 바닥에 누워 있었다. 얼어 죽은 것이다. 그의 얼어붙은 몸은 부러진 나뭇가지처럼 축 늘어져 있었다. 더 이상 다른 것은 생각하기도 싫다는 듯 고개는 한쪽으로 휙 돌아가 있었는데 우리는 그 얼굴을 정확히 볼 수 있었다. 누군가 신고를 해야 한다고 말했다. 그러나 누구도 실제로 움직이는 사람은 없었다. 이상하게도 이때만큼은 민호는 놀라지 않았다. 아저씨의 얼굴이 며칠 전에 봤을 때보다 편안해 보였기 때문이라는 것이다. 민호가 그렇게 생각하는 게 나에게는 다행이었다.

아줌마는 민호가 밥을 먹지 않는 것을 보고 매우 걱정했다. 아줌마가 생각해 낸 해결책은 다른 것을 키우는 것이었다. 병아리보다는 좀 더 억세고 죽지 않을 어떤 것을. 사실 우리가 키운 것이 병아리만은 아니었다. 사슴벌레를 키우고 달팽이를

키우고 방아깨비도 키웠다. 하지만 어느 순간부터 나는 아무
것도 키우지 않았다. 그것들이 언젠가는 죽을 것이라는 것을
알게 되었기 때문이다. 민호가 그때마다 무슨 일을 저지를지
알 수 없는 일이었다. 나는 해삼을 키워야 했다고 생각했다.
책에서 본 바로는 해삼은 죽는지 안 죽는지 알 수 없다고 했다.
해삼의 입을 잘라 내면 잘라 낸 부위에 다시 입이 생기고 입 주
변으로 나머지 부위 역시 다시 생긴다는 것이었다. 나는 민호
가 그런 것을 키웠다면 어땠을까 생각했다.

"아뇨, 이제 키우지 않을 거예요."

나는 말했다.

"왜?"

"뭘 키워도 언젠가는 죽을 거니까요. 민호가 무슨 짓을 할
지 몰라요."

아줌마는 한동안 내 얼굴을 물끄러미 바라보더니 말했다.

"민호는 엄마가 없어서 그런 거야."

"그게 무슨 말이에요?"

어느 순간 나는 그런 말을 버릇처럼 하고 있었다. 그게 무
슨 말이에요? 이해할 수 없다는 듯이. 뭐가 어떻게 돌아가고
있는 것인지 도무지 모르겠다는 듯이. 사실은 모든 걸 알고 있
었으면서.

민호의 방에는 책들이 많았다. 어린이 책을 전문으로 하

는 출판사에서 나온 그림책, 동화책, 과학책들이었다. 나는 표지가 빨강과 파랑, 노랑, 그리고 파스텔 빛깔로 채색된 그 책들에 매료됐다. 우리 집에서는 볼 수 없는 것들이었다. 책을 펼치지 않아도, 책장을 꽉 채운 오색찬란한 책들을 보고만 있어도 나는 좋았다. 처음 그의 방에 들어갔을 때 나는 몇 번이나 되물었다.

"정말 이게 다 네 거라고?"

"봐도 돼?"

"정말이지?"

그가 몇 번이나 괜찮다고 하는데도 나는 한참 동안 책들을 더 바라본 후에야 책장에 손을 뻗을 수 있었다.

그가 백조의 호수나 일곱 마리의 아기 쥐 같은 동화책을 좋아하는 쪽이었다면 나는 과학책을 좋아하는 쪽이었다. 그러나 우리는 함께 책을 읽었다. 뭐가 됐든 재밌었기 때문이다. 나의 경우는 선의 형태와 색감 때문에, 그의 경우에는 내가 좋아하는 것을 자신도 좋아한다고 믿어버리는 성향 때문에 그랬던 것 같다.

어느 날 우리는 과학책을 함께 읽고 있었다. 그 책에는 지구가 46억 년 전에 태어났다고 적혀 있었다. 태양은 조금 더 나이가 많았지만 우주의 수준에서는 얼마 차이가 나지 않는 수준이라고 했다. 나는 그렇게 오래된 것들의 나이를 알 수 있다는 점이 흥미로웠다. 하지만 그 오래된 것들 역시 언젠가는 소멸하게 된다는 사실도 적혀 있었다.

"그럼 우리는 어떻게 되는 거야?"

민호가 물었다.

"우리도 소멸하는 거지."

"소멸한다고? 죽는다는 말이야?"

"그래, 죽는다는 말이야."

"그걸 어떻게 알아? 안 죽을 수도 있잖아."

나는 모든 것은 죽게 마련이라고 말했다. 그 말이 무슨 말인지 제대로 이해하지도 못하면서 나는 그런 식으로 말하곤 했다. 언젠가는 나도 죽고, 너도 죽고, 너의 부모님도, 그리고 나의 부모님도 모두 죽는다고 말했다. 그러자 민호가 말했다.

"병아리가 죽은 것처럼 말이지?"

그러고는 바닥에 얼굴을 묻고 울기 시작했다. 민호는 오랫동안 흐느꼈다. 결국 나는 그를 일으켜 세우고 이렇게 말하지 않을 수 없었다.

"걱정 마, 아무도 죽지 않을 거야."

그래도 나는 고개를 돌리고 혼잣말로 조용히 중얼거렸다.

"적어도 당장은 아니야."

그러나 그 말은 틀린 말이 되었다. 얼마 후에 민호의 아빠가 죽었기 때문이다.

9. 아기

아기가 태어난 후로, 민호의 엄마를 마주치는 것은 더욱 불편한 일이 되었다. 평상시에는 그의 엄마와 마주할 일이 거의 없었으므로 별다른 문제가 되지 않았다. 그러나 가정부 아줌마가 없는 날도 있었다. 아줌마도 휴가를 가는 경우가 있었기 때문이다. 그런 경우에는 어쩔 수 없이 민호의 엄마와 마주쳐야 했다. 어쨌든 누군가는 문을 열어 줘야 했던 것이다.

아기가 태어난 뒤 그녀가 흔들의자에 앉아 있는 시간은 더욱 길어졌다. 나는 그녀가 아기를 안은 채 흔들의자에 앉아 창문을 통해 들어오는 햇볕을 쬐고 있는 모습을 기억한다. 눈을 감은 그녀의 얼굴 위로 뒤늦게 떠오른 태양의 눈부신 빛이 내리쬐고 있었다. 그녀는 아기를 안은 채 흥얼거렸다. 나는 그녀가 아기를 안고 기분 좋게 흥얼거리는 모습과, 또 그 모습을 바라보는 민호의 모습을 보았다. 민호의 눈이 놀란 사슴처럼 촉촉해져 있었다.

그날 그녀는 우리에게 청소를 해 놓으라고 시켰다. 자기가 볼일을 보러 다녀오는 동안 말이다. 그녀는 그냥 우리가 무슨 짓을 저지르지 않기를, 뭔가 할 것이 있어서 적어도 그동안은 우리가 소동을 일으킬 일이 없길 바랐을 것이다.

그녀가 나간 후 우리는 방에서 놀고 있었다. 민호는 그림

책을 읽었고 나는 갖가지 색깔이 들어간 펜으로 그 책에 나오는 그림을 베껴 그렸다. 나는 검은색과 진한 청색, 빨간색을 주로 사용했다. 민호가 책을 다 읽을 때쯤에는 내 그림도 거의 완성이 됐다. 나는 그림이 완성될 때마다 그에게 주었다. 그는 가슴 위에 양손을 포개고 고맙다고 말했다. 자기 안의 내밀한 감정을 말해야 한다고 생각할 때 그는 그런 식으로 행동했다. 마치 자신의 마음을 바깥으로 꺼내서 보여 주려는 것처럼. 다른 사람이 그랬으면 이상한 행동에 불과했겠지만 그의 경우는 다른 일이었다.

그때 아기 울음소리가 들렸다. 아줌마는 휴가를 가고 없었기 때문에 집 안에는 나와 민호, 그리고 침대에 누워 있을 그의 아빠만 있었다. 우리는 책장을 덮고 아기가 있는 방 앞에 가서 섰다. 그리고 문 앞에 서서 귀를 기울였다. 아기의 울음소리는 잠깐 멈춘 듯했다. 민호가 문에 얼굴을 바짝 붙이고 있는 것이 보였다.

"그냥 방으로 돌아가자."

내가 말했다.

"동생이 보고 싶어."

민호가 눈을 반짝거리며 말했다. 나는 순간적으로 그건 너의 동생이 아니라고 말할 뻔했다. 너의 동생이 아니라 그냥 다른 사람의 아기일 뿐이라고. 그러나 나는 그렇게 말하지 않왔다.

결국 우리는 몰래 아기가 있는 방으로 들어갔다. 아기는
그 작은 침대에 누워 우리가 무슨 말을 하고 있는 것인지 궁금
하다는 듯이 흥미로운 눈으로 바라보고 있었다.

"이름이 뭐야?"

내가 아기를 보며 말했다.

"유리."

"유리?"

그는 고개를 끄덕였다.

"눈동자를 봐. 유리처럼 투명해."

나는 아기의 눈동자를 들여다봤다. 잠시 후 민호에게 이
렇게 말했다.

"아기를 안아 봐."

나는 민호가 그렇게 했으면 좋겠다고 생각했다. 그리고
내가 그 모습을 보고 싶다고 생각했다. 민호는 한참을 망설이
다가 아기를 들어 올렸다. 아기가 우리를 골똘히 쳐다봤다.

"우릴 보고 있어."

나는 말했다. 그의 얼굴에 환한 미소가 어렸다. 그는 아기
가 정말 자신의 동생이 맞다는 것을 확인했다고 생각한 것 같
았다. 우리는 아기의 작은 손가락과 발가락, 순두부처럼 뭉글
거리는 몸을 조심스럽게 만져 보았다.

아기를 내려놓고 다시 방으로 돌아오기 위해 문을 열었을 때 우리는 깜짝 놀랐다. 민호의 아빠가 문 앞에 서서 우리를 보고 있었던 것이다. 우리는 유령이라도 보는 것처럼 숨을 죽이고 민호의 아빠를 바라봤다. 머리카락이 거의 남지 않은 머리와 무표정하고 건조한 얼굴은 핏기가 빠져나간 것처럼 회색빛이었고, 볼에는 깊고 긴 주름이 패어 있었다. 그는 우리를 보고도 아무 말도 하지 않았다. 숨을 쉬는 소리만 들릴 뿐이었다. 그 소리는 길고 거칠었다.

　"동생을 보고 있었어요."

　마침내 민호가 말했다. 그러나 민호의 아빠는 민호가 무슨 말을 하는 것인지 이해하지 못하는 것처럼 보였다. 뭔가가 이해되지 않는다는 듯이, 자신이 어디에 와 있는 것인지 모르겠다는 듯이 서 있기만 했다.

　"아빠, 유리를 보고 싶으세요?"

　민호가 다시 한번 말했지만 그는 묵묵부답이었다. 나는 민호의 손을 슬쩍 잡아끌었다. 그리고 그를 방으로 데려왔다. 그때까지도 민호의 아빠는 그 자리에 선 채로 아무런 움직임도 없었다.

　얼마 후 그의 엄마가 돌아왔고 그녀는 민호의 아빠를 침대로 데려가 눕혔다. 그녀가 방문을 닫고 거실로 나오자 민호가 물었다.

"아빠가 왜 그래요?"

그녀는 민호를 가만히 바라보더니 말했다.

"아빠는 사라졌어."

그녀는 무심한 목소리로 말했다.

나중에 나에게 초경이 찾아왔을 때 나는 그때 민호의 엄마가 했던 말이 민호에게 또 한 번 충격을 줬다는 사실을 깨달았다. 초경은 나에게도 당황스러운 일이었지만 민호에게는 더욱 심각한 일이었다. 그때 나는 아직 내가 그런 시기로 접어들었다는 것을 완전히 받아들이지 못하고 있었고, 규칙적으로 일어날 그 일에 대비하지 않고 있었다. 그는 내 바지에 피가 맺혀 있는 것을 봤고 그것을 보자마자 나를 꼭 껴안았다.

"사라지면 안 돼."

민호는 내가 그의 아빠처럼 사라질 거라고 생각한 것이다. 나는 민호가 흘린 눈물이 내 옷 속으로 스며드는 것을 느낄 수 있었다. 사라지지 않을 거라고, 그때 나는 그런 말을 해 주었어야 했다.

민호의 아빠가 죽고 난 뒤에 나는 그의 집에 가지 않으려고 했다. 당분간은 가지 말아야 할 것 같았다. 민호는 며칠 동안 학교에 나오지 않았다. 나는 예전처럼 혼자서 학교를 다니게 되었다. 혼자서 밥을 먹고, 혼자서 운동장을 가로지르고, 때때로 텅 빈 교문을 바라보았다. 민호는 지금쯤 뭘 하고 있을지 궁금했다. 그러나 내가 할 수 있는 일은 없었다.

어느 날 가정부 아줌마가 나를 찾아왔다. 그녀는 학교 문 앞에 서서 하교하고 나오는 아이들을 주시하고 있었다. 나를 발견하자마자 아줌마는 나를 꼭 껴안았다.

"왜 집에 오지 않았니?"

나는 대답하지 않았다. '민호의 아빠가 죽었으니까요.'라는 말이 입속에서 맴돌았지만 말하지 않았다.

그녀는 내 머리를 쓰다듬고 내가 입고 있던 옷의 지퍼를 채워 주었다.

"수정이가 꼭 왔으면 좋겠어. 민호가 기다리고 있단다."

며칠 만에 민호를 다시 봤을 때, 그는 나를 보자마자 뛰어왔다. 그러나 막상 다가왔을 때는 무슨 말을 해야 할지 모르는 것처럼 쭈뼛거렸다.

그는 양손을 가슴 위에 올려놓고 말했다.

"……보고 싶었어."

나는 살면서 울어서 되는 일은 없다고 생각해왔다. 그것은 아무런 도움도 되지 않기 때문이다. 그러나 그때, 민호가 나에게 보고 싶다고 말했을 때, 나는 울었다.

10. 연못

아프리카 사막여우는 섭씨 60도까지 올라가는 기후에서 탈수증세로 죽지 않기 위해 독특한 섭생법을 사용한다. 한낮에는 전혀 움직이지 않다가 해가 사라진 다음에만 움직이는 것이다. 그러나 밤에도 사라지고 있는 수분은 어떻게든 보충해야만 한다. 그렇지 않으면 목숨을 잃게 된다. 나는 몸을 숨겼고, 제대로 살 수 있는 시간이 올 때까지 버티고자 했다. 그러나 나는 물을 찾는 일에는 실패했다. 행복은 자신이 행복하다는 사실을 인지할 수 없을 때에만 가능한 것이다. 진정으로 행복한 사람은 행복에 대해 생각하지 않는다. 행복한 순간을 그저 즐길 뿐이다. 나는 내가 행복하다는 사실에 대해 무지했다. 그리고 그것이 사라지고 난 다음에야, 내가 행복했었다는 사실에 절망했다.

"반지보다 목걸이가 더 예쁜 것 같아."

그는 조심스럽게 말했었다. 우리가 성인이 되고 나서였다. 그는 어느 상점으로 들어가더니 잠시 후에 뭔가를 들고 나타났다. 겨울의 명동 거리는 인파로 붐볐다. 사람들이 우리를 부딪치고 지나갔다. 구세군에서 나온 사람이 종을 흔들며 지나가는 사람들을 쳐다보고 있었다. 눈이 내렸다. 나는 알고 있었다. 연인이 선물한 반지가 왼손 네 번째 손가락에 끼워지곤 한다는 걸. 붙어 있는 내 손가락에는 그 작은 원형의 물체가 들어가지 않을 거라는 것도.

　그는 나에게 목걸이를 걸어 주었다. 나를 마주 보고 서서, 내 머리카락과 목 사이로 손을 집어넣어 목걸이를 끼워 주려고 했다. 목걸이는 쉽사리 끼워지지 않았다. 그러나 그는 열심히 해 보려고 했다. 나는 그때 어렸고 지금보다 더 쉽게 감동받았다. 몇 번의 시도 끝에 그는 해냈고, 사람들이 다시 우리를 부딪치고 지나갔다. 그러나 나는 그런 것에는 아무런 신경도 쓰지 않았다. 그 순간에는 저 오래된 얘기처럼 누군가 내 발을 밟고 지나간다면 나는 다른 쪽 발 역시 내어 줄 것이라고 생각했다. 때때로 구세군 종소리가 들려왔다. 나는 눈을 감았다. 눈을 뜨지 않아도 모든 것을 볼 수 있었다.

　그날 밤, 우리는 모두 처음이었다. 우리는 벌벌 떨면서 서로를 안은 채 한참 동안 아무것도 하지 못했다. 영원처럼 길었던 밤이 지나가고, 그 뒤에 우리가 한 일이라곤 서로의 눈동자를 바라보며 숨 쉬는 일 말고는 없었다. 지평선 끝에서 푸른 새벽의 기운이 올라올 때까지 우리는 오래도록 서로의 눈동자를 확인하고 있었다.

　나는 언제나 그의 손을 힘껏 잡았다. 주머니 속에서 우리의 손은 따뜻하게 빛났다. 어둠 속에서 고양이가 갑자기 튀어

나오기만 하면 나는 언제나 그의 손을 잡았을 것이다. 마치 그것이 내가 가지고 있는 유일한 피난처라도 되는 듯이.

그러나 불같은 감정은 강렬한 색채와도 같다. 그것은 우리를 어떤 곳으로 몰아간다. 스스로도 왜 그렇게 행동해야 하는지 알 수 없는 곳으로. 그 순간에만 존재하는 강한 확신이 있을 뿐이다. 그 결과 스스로를 불구로 만들면서.

시간이 흐른 후 내게는 우리의 끝이 비극인 것이 확실해 보였다. 그도 불구가 되기 때문에? 나는 그렇게 믿었다. 적어도 그는 나에게 모든 것을 주었음에도 불행해졌다. 아니, 바로 그 이유 때문에 불행해지는 것 같았다. 그가 나보다 정상적이고 비틀리지 않은 사람과 살아가야 한다고 믿었다. 어느 순간 모든 것이 분명해 보였다. 실제로는 모든 것이 불명확했는데도 불구하고.

나는 내가 그보다 훨씬 더 큰 어른이라도 된 것처럼 그에게 말했다. 마치 그를 위해 모든 것을 설명해 주어야 한다는 말투로. 그렇지 않으면 그가 전혀 살아갈 수 없기라도 한 것처럼. 그는 아무 말도 하지 않았다. 그저 나를 쳐다보기만 했다. 그 시선은 나를 꿰뚫고 지나갔다.

구름 하나 없는 하늘 위로 새 떼가 지나간다. 우리는 서로 멀리 떨어져 있고, 그렇기 때문에 아주 느리게 날아가는 것처럼 느껴진다. 푸른 도화지 위를 그려 나가는 점과 선들. 나는 그들이 천천히 이동하는 모습을 본다. 그들도 나를 볼까? 하나의 미미한 점 같은 것으로, 멀리 보이는 배경 같은 것으로. 그들이 어디서부터 이곳까지 왔는지 궁금하다. 예전 같으면 이렇게 벤치에 앉아 있으면 누군가 와서 무슨 말을 걸었을 것이다. 여기 앉아 있으면 안 된다고, 집에 가라고. 그러나 이제는 하루 종일 멍하니 새들을 지켜보고 있어도 내게 뭐라고 하는 사람은 없다.

　많은 시간이 흐른 후 나는 때때로 우리가 가곤 했던 연못을 거닌 적이 있다. 어느 날 나는 그 연못 위에 백조가 떠 있는 것을 본 적이 있다. 그것이 정말 백조인지는 알 수 없었다. 그렇지만 나는 그냥 백조라고 생각해 버렸다. 동화책에서 보던 크고 우아한 순백의 새라면 틀림없이 백조일 거라고 믿었다. 그 새는 미동도 없이 물 위에 홀로 있었다. 내가 오래도록 바라보고 있자 그 새는 나에게 눈을 흘기는 듯했다. 잠시간 우리는 서로 눈을 마주보고 있었다. 그 순간 어떤 정지된 시간 같은 것이, 영원한 찰나 같은 것이 우리 사이에 있었다. 바람 한 점 불지 않고 누구 하나 지나가는 소리조차 들리지 않았던 그 순간. 네 마음속에 강과 같은 평강이 함께 하길. 아줌마가 그 모습을 봤다면 내게 그런 구절을 말해 줬을지 모른다

11. 사진

나는 뉴타운의 새로 깔린 보도블록을 따라 걷고 있었다. 주변을 기웃거리며 걸었다. 그곳은 마치 한 번도 와 보지 않던 곳처럼 변해 있었다. 돌아보면 새로 지어진 아파트와 여전히 공사 중인 아파트가 보였다. 정비된 구역이 끝나자 길 끝으로 언덕이 나타났다. 그리고 구렁이처럼 똬리를 튼 언덕이 길게 이어졌다. 그곳에서 새로 지어진 고급 빌라들을 지나쳐 그집 앞에 이르렀다. 오로지 그 집만이 변하지 않은 채 예전 모습 그대로 남아 있었다. 높다란 담벼락에 둘러싸여 있었고, 차가 다니는 문은 동화 속의 거인처럼 크고 높았다. 애초에 차가 없으면 들어올 생각도 하지 말라고 말하는 것 같았던 그 문. 갑자기 셀 수 없이 많은 것들이 기억을 헤집고 들어오는 것 같았다.

벨을 누르자 인터폰에서 중년 여자의 목소리가 들려왔다.

"아가씨는 지금 안 계시는데요."

"어디로 갔을까요?"

인터폰은 잠시 침묵했다. 나는 싸늘한 의심의 기운이 전선을 타고 오는 것을 느꼈다.

"저는 유리의 고등학교 친구예요."

인터폰은 다시 한번 침묵하더니 잠시 후 말했다.

"그러면 직접 전화해 보시잖구요."

"제가 외국에 있다가 오랜만에 귀국해서 친구들 번호가 하나도 없지 뭐예요. 학교 다닐 때는 자주 놀러 오기도 하고 그랬는데 여기도 많이 변했네요."

나는 공사 중인 아파트를 건너다보며 말했다. 거의 하늘 높이까지 올라간 크레인이 눈을 이고 서 있었다.

"미안하네요, 아가씨. 외부인에게 함부로 알려 줬다가는 큰일 나거든요."

인터폰 속의 목소리와 말을 하면 할수록 나는 가슴이 두근거렸다.

"……"

나는 하마터면 내가 누군지 말할 뻔했다. 그러나 그렇게 하지 않았다. 대신에 어쩔 수 없다는 투로, 더없이 명랑한 목소리로 말했다. 그리고 내가 떠나는 모습을 카메라가 잘 비출 수 있도록 적당한 자리에 서서 뒤돌아섰다. 마음속으로는 초조하게 기다리면서, 오늘 저녁이면 아줌마는 정체불명의 여자에게 아무것도 알려 주지 않았다는 이유로 칭찬받을지도 모른다는 생각이 들었다.

"어쩔 수 없지요. 잘 지내라고 전해 주시겠어요?"

"잠깐만요."

그녀가 나를 붙들어 주었다.

"국립미술관에 가셨어요. 거기서 누굴 만난다고 하셨던

것 같아요."

밤이었고, 미술관은 휴관일인 것처럼 텅 비어 있었다.

나는 그녀가 그림 앞에 서 있는 것을 보았다. 전시실로 들어서며 내가 말했다.

"색면 회화라고 하는 거야. 색으로만 모든 걸 표현하지."

그녀는 조용히 나를 돌아봤다.

"그림이 너무 커서 무서울 정도네요."

"'압도적인 크기의 그림 앞에 있으면 우리는 그림 안에 들어가 있게 된다. 그것은 우리가 내려다볼 수 있는 게 아니다.' 이 그림을 그린 사람이 한 말이야."

그녀는 고개를 끄덕였다.

"예술의 유일한 원천은 비극적 경험이라고 생각했던 사람이야. 가족들이 비극적으로 죽었거든. 자신의 비극이나 마찬가지였겠지만. 그런 경험을 전하려면 이것밖에는 방법이 없다고 생각했던 것 같아."

"그러면 왜 그들의 얼굴을 그리지 않은 거죠?"

"얼굴을 그려야만 꼭 그 사람을 볼 수 있는 건 아니니까. 어떤 형태인지, 어떤 내용인지는 중요하지 않았어. 중요한 건 색채의 순수한 힘이었지."

그녀는 조용히 고개를 끄덕였다. 그리고 그림을 한참 동안 바라보았다.

"오빠는 저에게 참 잘해 줬어요."

그녀가 말했다.

"나이 차가 많이 났는데도 오빠가 얼마나 따뜻한 사람인지 느낄 수 있었죠. 우리가 배다른 남매라는 건 나중에 알게 됐어요. 엄마가 오빠를 좋아하지 않았다는 것도. 그래서 오빠는 제게 이해할 수 없는 존재였어요. 내가 오빠였다면 날 미워했을 것 같거든요. 그런데 오빠는 그러지 않았죠. 오히려 반대였어요."

나는 그녀의 음성이 텅 빈 미술관을 울리는 것을 느꼈다.

"장례식에서 한눈에 알아봤어요. 바로 당신이라고. 오랫동안 당신을 찾았거든요."

"무엇 때문에?"

그녀는 주머니 속에서 뭔가를 꺼내 내게 주고는 한동안 말이 없었다.

"오빠가 책상 서랍에 모아 놨던 사진이에요."

그녀는 나에게 사진을 건네주었다. 그것은 언젠가 아줌마가 우리에게 찍어 준 사진이었다. 나는 사진 속을 가만히 들여다보았다. 사진 속에서 우리는 아기를 안고 있었다. 아기가 조금은 무거운지 함께 받쳐 들고 있었다. 나는 나의 얼굴과 아기의 얼굴을 바라보았다. 그리고 그가 환하게 미소 짓고 있는 얼굴도. 다른 사진에서는 그가 아기의 얼굴을 감싸고 볼에 입을 맞추고 있었다. 그것은 마치 추위로부터, 바깥의 공격으로부터 아기를 지켜 주려는 듯이 보였다. 나는 사진 속 아기의 눈동자를 바라봤다. 그가 오래전에 말한 것처럼 유리처럼 맑고 투명한 눈이었다.

"언젠가 그 사진을 발견했어요. 이 사진을 보고 있으면 오빠에게 꼭 뭔가를 해 주어야 한다는 생각이 들곤 했어요. 예를 들면 당신을 찾아내는 일 같은 거죠. 이제 적어도 한 가지는 하게 된 셈이에요."

"단지 이것 때문에 날 찾았단 말이야?"

나는 그것이 나에게 아무런 동요도 일으키지 않는다는 투로 말했다.

"하나 더 있어요."

그녀가 무언가를 내게 건넸다. 그것은 그녀가 전에 내게 보여 준 수첩과 비슷한 것이었다. 갈색 인조 가죽으로 된 낡고 허름한 수첩. 버려져 있던 것을 주운 것이라고 해도 믿을 만큼 흔하고 볼품없어 보이는.

"오빠가 남겨 둔 메모예요. 오빠의 코트 안에서 발견됐어요. 오빠에게는 메모를 하는 습관이 있었었죠. 한번 읽어 보세요."

나는 그녀를 한동안 더 바라보다가 수첩을 훑어 넘겼다. 그러다가 내키는 대로 아무 곳에서나 멈추었다. 거기에는 파란색 잉크로 쓴 글씨가 빼곡하게 적혀 있었다. 워낙 작게 쓰여 있어서 알아보기 힘들었다. 어떤 글자들은 잉크가 번져 있기도 했다. 어쨌거나 나는 시간을 들여 읽었다. 그러나 한 장 한 장 넘기며 읽어갈수록 당황스러워졌다. 그것은 그냥 메모였던 것이다. 누구나 적을 수 있을 것 같은 메모. 어느 노을이 지는 저녁 창밖으로 기러기 떼가 날아가는 모습을 봤다거나 벤치에 앉아 회오리바람에 나뭇잎들이 허공에서 빙빙 도는 모습을 지켜봤다는 이야기. 일상을 적어 놓은 것에 불과했다.

나는 고개를 들고 그녀를 바라봤다.

"도대체 이게 나랑 무슨 상관이 있다는 거지? 이건 그냥……"

"맨 뒤를 보세요."

나는 수첩의 맨 뒷장 커버 부분을 열었다. 그곳에는 수첩의 주인이 누구인지 알 수 있도록 이름과 연락처를 적는 칸이 있었다. 거기 적힌 이름은 바로 나의 이름이었다. '이수정'. 그리고 그보다 작은 글씨로 '에게'라는 단어가 덧붙여져 있었다. 즉, '이수정에게'. 나는 얼어붙었다.

"오빠가 왜 죽었는지 오랫동안 생각해 봤어요. 하지만 여전히 모르겠어요. 당신이라면 알 수도 있지 않을까 하는 생각이 들었어요."

나는 어떠한 대답도 할 수 없었다. 나도 알지 못했기 때문이다.

"수첩을 보면 딱 한 번 그런 말이 나와요. '어떤 사람'이라는 말. 비 오는 날, 오빠가 창밖을 보면서 썼던 말이죠. 저는 오빠가 수첩에 무얼 적고 있는지 몰랐지만 그게 오빠에게 얼마나 중요한 것인지는 잘 알고 있었어요. 항상 들고 다녔으니까요. 그리고 수첩에 무언가를 적을 때면 오빠는 아주 진지하고 심각해지곤 했어요. '어떤 사람'이라는 말 뒤에는 아무것도 쓰여 있지 않아요. 단지 '비가 내리고 있다'라고만 쓰여 있지요. 창밖에 뭔가라도 있는 것처럼 바라보면서 단지 그 말을 쓴 거예요."

그는 무엇을 봤던가? 나는 오래전, 그와 헤어진 후 거리를 걸으며 상가 유리창 너머로 보이는 진열품들을 골똘히 바라보곤 했던 나를 떠올렸다. 그것이 무슨 의미라도 되는 양 속옷과 양말, 장갑을 멍하니 바라보곤 했던 것이다. 사람들은 우두커니 서 있는 나를 지나쳐갔다. 유모차를 끄는 여자가 지나가고 코트를 입은 남자가 지나갔다. 나는 한참을 그렇게 서 있었다. 모든 것이 한 점에 집중된, 다른 것이 보이지 않는 세계. 내가 봤던 것을 그도 봤을까?

"내가 기억하지 못하는 어린 시절의 나를 안고 있는 사람을 눈앞에서 본다는 건 정말 묘한 느낌이에요. 그 사람이 어떤 사람인지 하나도 모르면서 하늘에서 내려온 천사라도 되는 것처럼 느껴지거든요."

그녀가 말했다.

"나는 그렇게 좋은 사람이 아니야."

나는 말했다.

"헤어지고 나서 한 번도 만난 적이 없나요?"

그녀가 물었다. 나는 대답하지 않았다.

이제 미술관이 끝날 시간이 다가오고 있었다. 그러나 우리는 계속해서 그림 앞에 있었다. 우리보다 훨씬 더 큰 그림들이 우리를 바라보고 있었다. 밖에서 폭죽 터지는 소리가 들려왔다. 연말 시즌을 축하하는 폭죽 같은 것들. 우리는 고개를 돌려 창밖을 바라보았다. 그렇게 하지 않을 수 없었다. 창밖에서 강하고 붉은 빛이 밀려 들어왔기 때문이다. 우리는 아이라도 된 것처럼 폭죽을 바라봤다.

집으로 돌아와 나는 그녀가 건넨 사진들을 다시 꺼내 보았다. 아이가 아이를 안고 있는 모습. 아이들인 우리의 모습. 그러한 사실이 있었다는 것을 증명하는 단 하나의 증거물. 성인이 되고 난 우리의 모습은 어디로 갔는가? 내가 끝끝내 사진 찍기를 거부했기 때문에 우리에게는 그 흔한 사진 한 장 남겨지지 않았다. 사람들은 식사 때마다 사진을 찍고 증거를 남겨둔다. 그런 사람들을 어느 식당에 가든 만날 수 있다. 하지만 우리에게는 그런 것이 없다. 나는 오직 선과 색의 형태로 당신을 기억할 뿐이다.

나는 그녀의 물음을 떠올린다. 우리가 헤어지고 난 뒤 우리가 만난 적이 있던가?

단 한 번, 그를 본 적이 있다.

그는 카페에서 책을 읽고 있었다. 나는 우연히 지하철에서 그를 발견한 후 그를 쫓아갔다. 처음에는 믿을 수 없었다. 지금 이 상황이 현실이 맞는지 분간할 수 없었다. 멀리서 그의 뒷모습을 지켜봤다. 미칠 듯이 두근거리는 심장. 정말 그가 맞는지 되물었다. 혹시 내가 잘못 본 것은 아닐까? 하지만 그는 내가 기억하는 모습 그대로였다. 단지 학생의 모습이 아니라 회사원의 모습으로 바뀌어 있을 뿐이었다. 그는 카페로 들어가 창가 자리에 앉고는 책을 읽기 시작했다. 해가 지고 있었다. 블라인드 사이로 지는 햇볕이 그의 얼굴 위로 스며들었다. 얼마나 시간이 지났을까. 어느 순간 그는 고개를 들고 창밖을 바라봤다. 블라인드 틈으로 그의 얼굴이 보였다. 그의 얼굴이 굳어지는 것을 느꼈다. 눈이 마주쳤다고 생각한 순간 나는 황급히 자리를 떠났다. 뒤돌아보지 않았지만 그가 쫓아오고 있을지도 모른다는 생각을 하면서. 그는 나를 봤던가? 실제로 그런 일이 일어났던가? 알 수 없다. 그는 죽었고, 그와 나 사이에 일어난 모든 일을 증언해 줄 수 있는 유일한 생존자는 나뿐이다.

나는 창가로 다가섰다. 밖은 더 어두워져 있다. 나무는 메

말라 있다. 마치 지금도 말라 비틀어지는 와중인 것처럼 바싹 마른 채로 흔들리고 있다. 그러나 나는 적어도 한 가지 면에서는 안도감을 느낀다. 곧 눈이 내릴 것이다.

뒷이야기

편집자 L

작가님 안녕하세요? 2019년 〈조선일보〉 신춘문예 당선 이후에 호밀밭 소설선으로 첫 소설집을 내게 되셨는데 감회가 궁금합니다. 제가 작년 여름쯤에 같이 작업해 보고 싶다고 연락드렸던 거 기억하시나요? 한동안 소설을 쓰지 않고 지내다가 다시 쓰기 시작했을 때 제 연락이 왔다며 기뻐하셨던 게 생각납니다. 그때도 지금도 직장 생활을 하시면서 글쓰기를 병행하시는 걸로 알고 있는데요. 바쁜 와중에 어떻게 짬을 내서 글을 쓰시는지 궁금합니다.

소설가 S

보통은 퇴근을 한 이후에 책을 보고, 주말에 몰아서 글을 쓰는
편입니다. 평일에도 쓰면 좋겠지만 실제로는 그러기가 힘듭니
다. 간단한 일기 정도나 쓸 수 있을까요. 책을 읽기만 해도 잘
시간이 다 되어 있거든요. 시간이 부족한 것이 아쉽긴 하지만
꼭 나쁜 것만은 아닙니다. 저는 뭔가를 읽어야만 글을 쓸 수
있는 타입이라 어쨌든 책 읽는 시간이 꼭 있어야 하거든요. 제
게는 평일 밤 책 읽기가 일종의 준비 운동 같은 것이 되는 셈
이지요.

편집자 L

앞서 이야기했지만 잠깐 소설을 쓰지 않으셨던 때가 있는 것
같은데요. 다시 글을 써야겠다고 마음먹은 까닭은 무엇일까
요? 괜찮으시다면 그때의 이야기를 들려주세요. 아마도 작가
님께 소설을 쓴다는 것의 의미가 무엇인지와도 연결되지 않을
까 싶습니다.

소설가 S

소설을 쓴다는 건 참 힘든 일입니다. 물론 모든 소설가들에게
다 그렇겠지만 저와 같은 타입의 소설가에게는 특히 더 그런
것 같습니다. 이런 말을 하면 조금 이상하게 생각될 수 있겠지

만 저는 이야기를 위한 이야기를 쓸 수 없는 사람입니다. 소설로 쓸 만한 재미있는 소재를 생각해 내서 글로 쓰는 일을 잘하지 못한다는 뜻입니다. 다른 소설가들은 어떨지 모르겠지만 제 속에는 언제든지 소설로 풀어낼 수 있는 상상력 공장 같은 것이 없는 것 같습니다. 저는 실제로 저에게 중요하고, 오랫동안 생각해 온 것들에 대해서만 쓸 수 있는 사람입니다. 글을 쓰는 사람에게는 매우 치명적인 일이지만 저로서는 어쩔 수 없는 일이기도 합니다. 그래서 쓰는 일이 쉽지 않았습니다. 쓰는 일이 쉽지 않았을 뿐만 아니라 읽는 일조차도 쉽지 않았습니다. 몇 년간은 아예 한 글자도 읽지 않은 채 보내기도 했습니다. 그럼에도 다시 글을 쓰게 된 이유가 무엇이냐고 묻는다면 제 안에서 뭔가 하고 싶은 말이 자라났기 때문이 아닌가 싶습니다. 시간과 경험이 저에게 뭔가를 쓰지 않고는 견딜 수 없게 만든 것이 아닌가 하고 말입니다. 저는 어쨌거나 뭐라도 써내야지만 인생에서 유익한 일을 했다고 느끼는 부류의 사람인 것 같습니다.

편집자 L

신춘문예 당선작이고 소설집 제일 앞에 실린 「당장 필요한」부터 이야기를 시작해볼까 합니다. 제가 이 소설을 읽고는 작가님의 소설집을 내고 싶다고 생각했는데요. 소설은 10년 전 집을 나온 마리에게 어느 날 아버지가 죽었다는 전화가 걸려 오며 시작됩니다. 같이 지내는 준과 함께 아버지의 시체를 확인하러 간 마리는 보험금 여부를 묻고, 돌아와서 준과 섹스를 하는 등 죽음에 전혀 동요하지 않는 듯합니다. 무심하고 싶은 것일 수도 있고요. 그런 마리에게 제이가 나타납니다. 아버지 집을 청소해 주는 아르바이트를 했다는 제이는 그렇게 마리와 준과 함께 지내게 되지요. 10년을 만나지 않은 아버지, 그 희미한 접점에서 시작된 세 사람의 관계가 흥미로웠습니다. 소설의 배면에 자리 잡은 이야기되지 않는 것—마리가 집을 나온 이유, 준과 마리가 함께 살 된 경위, 아버지의 죽음과 제이의 관계 등—이 긴장감을 조성하며 소설을 더 흥미롭게 만들고요. 이 이야기를 구상할 때 가장 중요하게 생각하신 부분이 무엇인가요?

소설가 S

이 이야기는 다르덴 형제의 〈더 차일드〉라는 영화를 보고 처음 떠올리게 됐습니다. 거기에는 이제 막 아기를 출산한 10대 부부가 나오는데 좀도둑질로 살아가던 철없는 남편이 돈을 벌기 위해 불법 입양꾼들에게 아기를 팔아 버립니다. 그 일을 알게 된 아내는 남편에게 미친 듯이 화를 내고 남편은 하는 수 없이 아기를 다시 데려오려 합니다. 하지만 입양꾼들이 이를 가만히 놔두지 않죠. 남편에게 큰돈을 요구하고 이 돈을 벌기 위해 남편은 또 도둑질을 하다가 감옥에 갇히게 됩니다. 어찌 됐건 아기는 다시 찾게 됩니다만 영화는 감옥으로 면회를 온 아내와 남편이 서로를 끌어안고 흐느끼는 것으로 끝이 납니다.

'뭔가 엄청난 일이 벌어졌는데 도대체 어떻게 해야 할지 모르겠다'는 정서는 제가 창작을 할 때 항상 이끌렸던 정서입니다. 내 뜻과는 상관없이 어떤 일이 발생하고 도무지 그걸 감당할 방법을 모르겠는 인물들. 하지만 독자가 그 인물들의 심리 상태를 알 수 있는 방법은 그들의 행동과 그들을 둘러싼 사물들밖에 없을 때. 인물들이 자신의 심리에 대한 설명을 결코 하지 않기 때문에 독자로서는 그저 미루어 짐작할 수밖에 없는 상황들. 저는 그런 느낌을 좋아합니다. 「당장 필요한」을 쓸 때도 그랬던 것 같습니다.

저는 이제 막 어른이 되어 세상에 나온 인물들, 어른인지 아이인지 모를 인물들을 생각했습니다. 더 정확히는 그런 구분에 대한 개념조차 없고, 그런 구분으로는 분간할 수 없는 사람들을 생각했습니다. 그리고 그들에게 어떤 일이 벌어진다는 것을 제외하고는 다른 것은 생각하지 않은 채로 이야기를 시작했습니다. 특히 이 이야기를 어떤 식으로 끝내야겠다는 생각은 하지 않았습니다. 아버지가 죽은 상황은 염두에 두었지만 제이가 나타나는 것은 이야기를 쓰면서 그래야만 한다는 것을 알게 되었습니다. 제이가 마리가 사는 집으로 들어와야 한다는 사실도 쓰면서 알게 되었습니다. 또 그들이 함께 게임을 하는 것도 마찬가지입니다. 어느 순간 인물들이 그러한 일들을 해야만 한다는 것을 알게 되었습니다.

물음과는 조금 동떨어진 대답처럼 들릴 수 있겠지만, 이야기의 구성보다도 실제로 제가 가장 중요하게 생각했던 것은 '정확하게' 글을 쓰는 것이었습니다. 어느 시점부터 저에게는 소설을 쓰는 하나의 원칙 같은 것이 생겼는데 그것은 불필요하고 불명료해 보이는 모든 것은 소설에 전혀 필요가 없다는 것이었습니다.

다른 것은 다 상관없었습니다. 가족에 대한 이야기를 쓸 수도 있고, 사랑에 대한 이야기를 쓸 수도 있습니다. 또 외계인에 대한 이야기를 쓸 수도 있습니다. 하지만 정확하게 쓰는 것, 이것은 절대로 어겨서는 안 되는 원칙이었습니다. 이 문장이 꼭 필요한 문장인지, 이 자리에 꼭 있어야만 하는지, 그 문장이 아니면 안 되는 문장인지 스스로에게 되물었습니다. 그리고 조사나 부사, 마침표 하나까지 조금이라도 불필요하다고 생각되는 문장은 모두 삭제하고 반드시 이 자리에 있어야 한다고 생각되는 문장만 살아남게 했습니다. 말하자면 진실되지 않은 문장은 하나도 쓰지 않는 원칙이라고 할까요.

「당장 필요한」은 그러한 원칙을 몸에 새기고 나서 처음으로 썼던 단편 소설이었습니다. 정확하게 쓰고, 문장과 문장 사이에 공간을 크고 깊게 만들어 내는 일에 집중했지요. 그러자 그 속에서 인물들과 사물들이 스스로 말하게 되었습니다. 이야기를 끝냈을 때 아, 내가 제대로 썼구나 하는 느낌이 들었습니다.

편집자 L

소설집에 실린 작품 중 「당장 필요한」과 가장 결이 비슷한 작품은 「아껴 쓴다면」입니다. 역시나 간결하고 허투루 쓰이지 않은 문장이 돋보이는 작품이기도 하고요. 이 작품은 과연 어떤 부분에서 이야기가 저절로 그렇게 만들어질 수밖에 없었을지를 상상해 보는 것도 소설을 읽는 하나의 즐거움이 될 듯합니다.

「아껴 쓴다면」 또한 누군가의 죽음이 예고되며 소설이 진행됩니다. '나'는 친구 재규를 만나기 위해 이제까지 한 번도 간 적이 없는 그의 집에 찾아갑니다. 여행도 운전도 별로 안 좋아하는 '나'가 이렇게 다른 지역에까지 가게 된 이유는 대장암 4기인 재규에게 남은 날이 얼마 없을지도 모른다는 생각 때문이지요. '나'와 재규는 낚시를 하며 간간이 대화를 이어 갑니다. 그 대화 속에서 재규의 병이나 재규에게 일어났던 "아주 심각한 일" 등이 가볍게 스쳐 지나가듯 이야기되고요.

「당장 필요한」도 「아껴 쓴다면」도 인물들의 감정이 극도로 절제되어 있다는 느낌을 받았습니다. 중편 소설인 「겨울의 색채」

에서 '나'도 그러하고요. 그렇다고 해서 인물들이 '무정'하다고 볼 수는 없을 것 같은데요. 만약 그랬다면 제이를 집으로 들이는 일도, 재규를 만나러 떠나는 일도, 수정과 민호의 만남과 이별도 일어나지 않았겠지요.

마침 「겨울의 색채」 이야기가 나와서 말인데 이 소설도 '장례식' 장면에서 시작됩니다. 무슨 이유에서인지 건조해져 버린 인물들, 그들에게 '사건'처럼 다가오는 죽음, 그리고 그로 인한 변화의 조짐 등이 소설집 전반에서 나타나는 공통된 모티프입니다. 계절로 치자면 겨울 느낌으로 가득한 소설들인데요. 작가님 소설이 보여 주는 이 특유의 색채에 대해 좀 더 들어 보고 싶습니다.

소설가 S

정말 힘든 사람들은 아예 말을 하지 않는 사람들이라는 생각을 하곤 합니다. 이게 힘들다, 저게 힘들다 구구절절 하소연하는 것이 아니라 아예 입을 다문 사람들 말입니다. 진짜로 힘든 사람들, 정말로 상황이 난처해진 사람들은 그렇다고 생각합니다. 제게는 정말 힘든 사람의 이미지 같은 것이 있습니다. 예를 들면 이런 것입니다. 한겨울 거리에 눈이 내리고 있습니다. 지나가는 사람들은 모두들 추워서 옷깃을 여미고 손을 비비고 있습니다. 그런데 어떤 사람은 그 눈과 추위 속에서 별다른 외투도 없이 홑겹 옷 하나만 입고 홀로 서 있습니다. 그 사람은 다른 사람들처럼 손을 호호 불지도 않고 덜덜 떨지도 않습니다. 도움을 요청하지도 않습니다. 심지어 춥다는 말조차 하지 않습니다. 그 사람이 있는 곳은 유난히 매우 춥고, 눈이 내리고 있는데도 그렇습니다. 제 마음을 가장 울리는 이미지는 그러한 이미지입니다. 저의 소설 속에서 겨울의 느낌이 가득하다면 아마도 이러한 이유 때문이 아닐까 생각합니다.

편집자 L

「크리스마스 택배」는 실린 작품 중에 가장 따뜻한 톤의 소설입니다. 겨울 배경의 소설임에도 불구하고 말이죠. 크리스마스이기 때문일까요? (웃음) 제가 소설을 읽고 나서 할머니가 받는 선물이 꼭 '전기밥솥'이어야 하는지 질문을 드렸을 때, 이것 말고 다른 선물은 떠오르지 않는다고 답을 주셨지요. 왜 하필 전기밥솥이어야 했는지, 다른 후보는 없었는지 이야기를 들려주세요. 개인적으로 처음에는 어색하지 않나 싶었는데, 다시 읽어 보니 추운 겨울 홀로 있는 집에서 전기밥솥 버튼을 꾹꾹 누르는 할머니의 모습이 스르르 떠올라서 신기했답니다.

소설가 S

이 세상에 할머니라는 단어만큼 따뜻한 것이 또 있을까요? 지

구상에서 대가 없이 무조건적인 사랑을 주는 생명체를 저는 개와 할머니 말고는 떠올리지 못하겠어요. 심지어 부모님조차도 할머니에 비할 바가 아닐 정도로요. 대체 할머니라는 존재는 어떻게 그럴 수 있는 것인지 모르겠지만 하여간 그렇습니다. 성장한 저에게 삶은 춥고 황량한 것으로 느껴졌지만 어린 시절의 할머니만큼은 따뜻함 자체였습니다. 「크리스마스 택배」는 제가 할머니를 떠올리면서 썼던 소설입니다. 제가 쓰는 글이 차갑고 건조한 톤임에도 불구하고 따뜻한 톤을 가지게 된 것은 무의식중에 제가 가진 기억 때문이 아닌가 싶습니다. '전기밥솥'도 개인적인 경험이 끼어든 경우입니다. 가족 중 누군가가 할머니에게 최신식 전기밥솥을 선물해 준 적이 있는데 할머니가 그 많은 버튼들을 보며 도무지 뭐가 뭔지 모르겠다는 표정을 짓던 것을 바라봤던 기억이 납니다. 재밌으면서도 슬픈 장면이었는데 오랫동안 뇌리에 남은 기억입니다.

편집자 L
「겨울의 색채」는 다른 소설들과 달리 중편 소설입니다. 단편과 중편은 작품을 구상할 때부터 써 가는 과정까지 차이점이 많을 것 같은데요. 이 소설을 쓸 때 어떤 점이 즐거웠고, 또 어떤 점이 어려우셨는지요?

소설가 S

「겨울의 색채」를 쓸 때, 저는 이 작품이 여러 파편적인 이미지들의 어지러운 조합이 되길 원했습니다. 중편 소설이 될 거라고는 생각하지 못했습니다. 조금은 불친절하고 투박한 형태로, 명확한 것보다는 넌지시 느껴지는 어떤 분위기가 주된 소설이 되길 바랐지요. 하지만 제가 생각한 것보다는 더 친절한 형태의 소설이 되어 버리고 말았습니다.

저는 단편 소설의 진수는 곁눈질로 슬쩍 쳐다만 봤을 뿐인데 전율이 느껴지는 것이라고 생각해 왔습니다. 그래서 더, 더, 더 정확하고 간결하게 쓰려고 노력했습니다. 하지만 「겨울의 색채」를 쓸 때는 그럴 수 없었습니다. (사실 「크리스마스 택배」도 그런 경우인데, 이것은 또 다른 의미로 그런 것이라 넘어가겠습니다) 일단은 특정한 스타일을 고수하기 전에 여러 가지 새로운 시도를 해 볼 때 썼던 것이기도 하고, 쓰면서 뭔가 인물이 더 말을 해야 한다는 생각이 계속해서 들었기 때문에 그런 것도 있습니다. 처음에는 한 여자의 독백이 처음부터 끝까지 이어지는 이야기를 생각했지만 중편으로 담아내기에는 무리가 있다는 것을 깨달았습니다. 부득이 말이 많아졌고 이것저것 추가가 되었습니다. 솔직히 원칙을 어기기도 했습니다. 하고 싶은 말이 저절로 많아졌기 때문입니다. 그런데 이것이 아마도 단편과 중편(혹은 장편) 소설의 차이가 아닐까 싶습니다.

편집자 L

「겨울의 색채」에서 가장 여러 번 읽었던 문장은 마크 로스코의 그림과 관련해 설명하는 부분이었습니다. 인간을 압도하는 경험을 3미터가 넘는 캔버스에 선과 색으로 표현한 마크 로스코의 이야기는, 단지 미술에만 한정되지 않고 예술 일반에 적용되지 않을까 싶었어요. 그것이 부정적인 것이든 긍정적인 것이든 간에 강렬하게 각인된 경험들을 선으로, 문자로, 음으로, 몸으로 표현해 전달하는 것이 바로 예술이 아닐까요? 이 '고유의' 경험을 함께 나누고 기억할 수 있다는 것이 때로 쓸쓸한 생을 따뜻하게 위로해 주기도 하고요. 수정이 소설 마지막에 느낀 안도감도 그런 것이 아닐까 생각해 보았답니다.

소설가 S

저는 소설이 어떤 가능성을 띤 채 끝날 때를 좋아합니다. 뭔가 새로운 것이 시작될 것 같은 기미, 분위기 같은 것만 얼핏 보이는 채로 끝나는 것 말이죠. 그 가능성은 어디서 나올까요? 우리가 무엇 때문에 살아가는지는 모르지만 우리를 전율케 하는 찰나의 순간들이 각자에게 분명 있다고 생각합니다. 그리고 그 짧지만 강렬한 기억이 어떤 사람에게는 삶을 살아가게 하는 경험이 될 수도 있습니다. 아주 잠깐이지만 모든 것을 뒤흔들어 놓는 경험이지요. 그것이 삶을 지속하게 하고 위로해 주는 것이 아닐까요? 소설 속 인물(수정)은 그 자신에게만 주어지는 찰나의 순간들을 경험했습니다. 그것 때문에 수정이 앞으로 어떻게 될지는 모릅니다. 하지만 하나의 가능성이 생기게 된 것이라고 생각합니다.

편집자 L

한편으로 소설들을 읽으며 답답한 느낌이 드는 부분도 있었습니다. 모든 소설이 전반적으로 고립된 세계에서 전개됩니다. 집이나 낚시터 같은 한정된 공간을 배경으로 하고, 특히 「크리스마스 택배」에서는 눈이 와서 오가는 길마저 가로막힌 상황이지요. 각박한 현실로 인해 피폐해진 인물들은 이렇게 고립된 공간 속에서 부루마블을 하거나, 무엇도 잡히지 않는 낚시를 계속하거나, 마구잡이로 책을 읽지요. 다소 자폐적이라고할 수 있는 인물들의 모습은 독자에 따라서 호불호가 크게 나뉠 수도 있다고 생각합니다. 그럼에도 이러한 인물들의 이야기를 계속해서 쓰는 이유가 궁금합니다. 앞으로는 어떤 이야기들을 쓰고 싶으신지도 듣고 싶고요. 겨울을 살아가는 인물들이 아닌 봄이나 여름의 인물들도 탄생하게 될까요?

소설가 S

우리 모두에게는 생의 시기마다 자신에게 중대한 영향을 끼치는 정서와 세계관이 있잖아요? 살아가는 방식이나 일에 대처하는 방식이 그런 것들로 이루어진다고 생각합니다. 저에게는 물리적으로 각박한 현실 속에 있는 사람들, 그러니까 집세, 전기세, 수도세를 내는 일이 정말로 큰일인 사람들이 중요했습니다. 그러다 보니 말씀하신 대로 고립되고 뭔가에 의해 가로막혀 있는 인물들이 자주 등장했습니다. 지금은 이런 정서와 세계관에 관심이 있지만 언젠가는 다른 이야기를 하게 될 날도 분명히 올 거라고 생각합니다. 그때는 봄이나 여름의 인물들도 탄생하게 될 거고요. 또 다른 이야기가 생겨날 겁니다.

편집자 L

작가님이 앞으로 보여 주실 다양한 계절의 인물들과 그들의 이야기가 기대됩니다. 자, 이제 마지막 질문입니다. 이 소설집이 독자들에게 어떻게 읽히기를 소망하시나요? 대체로 소설을 다 읽고 나서 이 뒷이야기를 보시게 될 거라 짐작하는데요. 뒷이야기를 보고는 이 소설집을 재독할 독자들을 위해, 눈여겨 읽으면 좋을 숨겨진 포인트를 짚어 주셔도 좋습니다.

소설가 S

소설을 쓰는 방식은 여러 가지가 있을 수 있고, 소설가마다 스타일도 다 다를 것입니다. 저는 어느 쪽이냐 말해 보자면 읽고 나서 '이게 뭐야? 이게 끝이야? 뭐 별로 말한 것도 없는 것 같은데 끝났네' 하는 쪽이라고 생각합니다.

독자가 한 번 읽었을 때 저는 방금 말한 대로 되기를 원했습니다. 두 번째로 읽었을 때는 내가 생각한 것보다는 좀 더 많은 것이 담겨 있을지 모르겠구나 하는 생각이 들 수 있기를 바랐습니다. 그리고 운이 좋아서 세 번째까지 읽게 된다면 그때는 비어 있고 별거 없다고 생각한 공간 속에서 불현듯 몸을 부르르 떨게 되는 경험을 할 수 있기를 바랐습니다. 읽고 나서 한참 뒤에 문득 생각이 난다거나 하는 식으로 말이죠.

그리고 덧붙이자면 그것이 위로를 줄 수 있었으면 합니다. 저는 소설의 중요한 기능 중 하나는 읽는 사람들을 위로하는 것이라고 생각합니다. 진실되게 쓰였다면 읽는 사람을 위로해 줄 수 있다고 말입니다. 부디 이 글을 읽고 위로를 받을 수 있었으면 좋겠습니다.

작가의

말

스무 살 때는 나도 서른 살이 될 거라는 생각을 못 했던 것처럼, 처음 글을 쓰기 시작했을 때는 지금까지 '실제로' 글을 쓰게 될 줄은 몰랐습니다. 뭔가 관념적으로는 그때도 글을 쓰고 있겠지, 라고 생각은 하고 있었지만 한편으로는 그 나이까지 살아 있기는 할까? 하는 생각도 있었습니다. 하지만 어찌어찌해서 살아 있게 되었고 글을 쓰지 않고 산 시기도 있었지만 어쨌거나 지금까지 글을 쓰고 있습니다. 앞으로는 또 어떨지 모르겠지만 아무래도 글을 쓰고 살게 될 것 같습니다.

　개인적으로 소설을 쓴다는 건 다른 일을 하는 것과는 조금 다른 일이 아닌가 하는 생각이 듭니다. 예를 들어 직장에 다니는 것과는 사뭇 다릅니다. 직장에 다닌다면 '다니는 것' 자체가 중요한 일이 됩니다. (아주 큰 잘못을 저지르지만 않는다면) 일을 잘하든 못하든 어쨌거나 계속 다니면 월급을 받고 연차가 쌓이고 연봉도 오르게 될 겁니다. 특별한 일이 없으면 정년까지 일도 할 수 있겠지요. 다른 일도 대부분 사정은 비슷할 겁니다. 하지만 소설을 쓰는 일은 그렇지 않았습니다. 쓰지 않으면 아무것도 되지 않았습니다. 누가 월급을 주는 것도 아니고 오래되었다고 연차가 쌓이는 것도 아니었습니다. 아무 의미도 없으니까요. 게다가 소설은 혼자 써야 했습니다. 누구의 도움도 받을 수 없고 오로지 혼자만의 힘으로 모든 것을 해야 했습니다.

그래서 소설 쓰는 일은 괴롭고 외로운 일 같습니다. 들인 시간과 고통에 비해 생산성이 좋지도 않습니다. 온종일 이야기와 문장을 생각하고 마음속에서 그것들이 한참 동안 인내하는 시간을 거치게 한 다음에야 겨우 몇 문장이 바깥으로 빠져나오니까요. 운이 좋으면 하루에 서너 장을 쓸 수도 있겠지만 대부분은 한 장을 쓰기도 쉽지 않습니다.

저는 '그럼에도 불구하고'라는 말을 좋아하는데, 그럼에도 불구하고 소설을 써야만 했다는 것을 말하고 싶습니다. 또 소설은 그렇게 힘들게 쓰일 때 의미가 있는 것 같다고도 말하고 싶습니다. 힘들게 쓰이지 않으면 제대로 된 작품이 나오지도 않고 우리의 삶에 어떤 의미를 부여해 줄 수 있는 힘도 주어지지 않는 것 같습니다. 쓰는 사람이든, 그 속의 인물이든, 진실되지 않게 되고 그럼으로써 읽을 필요가 없는 소설이 되어 버리고 말거든요. 다시 반복해서 말하게 되는 셈이지만, 힘들게 쓰인 이 글이 위로가 될 수 있었으면 합니다.

"세상 모든 것에 감탄하는 지혜로운 사람들의 공간"
도서출판 호밀밭

겨울의 색채
© 2022, 서동욱

지은이	서동욱
초판 1쇄	2022년 11월 28일
2쇄	2023년 06월 12일
편집	임명선 책임편집, 민지영, 박정오, 신민철
디자인	박규비 책임디자인, 전혜정, 최효선
미디어	전유현
경영전략	김태희, 최민영
마케팅	최문섭
종이	세종페이퍼
제작	영신사
펴낸이	장현정
펴낸곳	호밀밭
등록	2008년 11월 12일(제338-2008-6호)
주소	부산광역시 수영구 연수로 357번길 17-8
전화, 팩스	051-751-8001, 0505-510-4675
전자우편	homilbooks@naver.com

Published in Korea by Homilbooks Publishing Co, Busan.
Registration No. 338-2008-6.
First press export edition November, 2022.

Author Seo, Dongwook
ISBN 979-11-6826-077-1   03810